에이스가 되자

WISHBOOKS MODERN FANTASY STORY

한지훈 장편소설

다저스의 기둥이 되어라

에이스_가 되자 7

한지훈 장편소설

초판 1쇄 찍은 날 | 2017년 11월 20일
초판 1쇄 펴낸 날 | 2017년 11월 27일

지은이 | 한지훈
펴낸이 | 예경원

기획 | 위시북스
편집책임 | 이규재
편집 | 이즈플러스

펴낸곳 | 예원북스
등록번호 | 제396-2012-000132호
등록일자 | 2012. 7. 25
KFN | 제1-179호

주소 | 경기도 고양시 일산동구 호수로 646-24 위너스21 II빌딩 206A호 (우)10401
전화 | 031-819-9431 팩스 | 031-817-9432
E-mail | yewonbooks@naver.com

ⓒ한지훈, 2017

ISBN 979-11-6098-614-3 04810
       979-11-6098-231-2 (set)

에이스가 되자

WISHBOOKS MODERN FANTASY STORY

한지훈 장편소설

다저스의 기둥이 되어라

7

Wish Books

에이스가
되자

CONTENTS

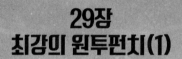

29장
최강의 원투펀치(1)

1

첫 실점 후 1사 주자 1루 상황.

–긴장되는 순간입니다.

–이제 작 피터슨을 상대해야 하는데요. 오타니 쇼헤, 집중
해야 합니다.

콕스 TV 중계진은 자칫 잘못했다간 다저스의 추가 득점으
로 이어질 수 있다며 경고했다.

그러나 오타니 쇼헤는 5번 타자 작 피터슨과 6번 타자 조시

메딕을 연속 범타로 돌려세우며 이닝을 마쳤다.

4회까지 3피안타 1사사구 1실점. 탈삼진 5개.

조시 메딕을 3루 땅볼로 유도할 때 몸 쪽에 붙여 넣은 포심 패스트볼의 구속은 102mile/h(≒164.2km/h)을 기록했다.

"과연 오타니 쇼헤로군요."

모렐 허샤이저 감독이 묵묵히 고개를 끄덕였다. 연속 안타를 맞고 실점한 상황에서 자신의 주 무기인 빠른 공을 이용해 타자들을 윽박지르는 모습을 보니 매리너스가 큰돈을 주고 데려올 만하다는 생각이 들었다.

그러나 릭 허니컷 투수 코치의 평가는 짰다.

"4회 들어 투구 수가 부쩍 늘었습니다. 지나치게 포심 패스트볼에 의존하는 경향이 있고요."

4회에만 22구를 던지면서 오타니 쇼헤의 투구 수는 67구까지 늘어났다. 이닝당 평균 16.8구. 데뷔전에 이어 여전히 투구 수 관리가 이루어지지 않고 있었다(데뷔전 6이닝 102구, 이닝당 평균 17구).

물론 이닝당 한두 개 정도 더 던지는 걸 가지고 지나치게 야박하게 군다고 여길지도 몰랐다. 그러나 평범한 투수가 수준급 투수로 거듭나고 다시 에이스급 투수가 되기 위해서는 그 한 개의 공을 아낄 줄 알아야 했다.

투구 수보다 더 큰 문제는 투구 패턴이었다.

오타니 쇼헤는 포심 패스트볼뿐만 아니라 리그 최고 수준의 포크볼과 슬라이더 그리고 수준급의 투심 패스트볼과 체인지업을 던질 수 있으면서도 오늘 경기에서는 유독 포심 패스트볼에만 집착하고 있었다.

유인구를 던질 타이밍에 빠른 공 승부를 고집하면서 투구 수가 늘어나고 다시 체력이 소진되는 악순환이 반복되고 있었다.

이대로 공격적인 피칭을 이어가다간 역으로 당하게 될지 몰랐다.

물론 박건호도 올해 들어 부쩍 좋아진 포심 패스트볼을 앞세워 타자들을 힘으로 찍어 누르고 있었다.

하지만 적어도 박건호는 투구 수를 철저하게 아꼈다.

1회 투구 수 7구(삼진 2개).
2회 투구 수 10구(삼진 2개).
3회 투구 수 7구(삼진 2개).
4회 투구 수 8구(삼진 1개).

4회까지 박건호의 투구 수는 고작 32구에 그쳤다. 오타니 쇼헤의 절반도 되지 않는 공을 던지면서 2개나 많은 삼진을 잡아낸 것이다.

이 같은 투구가 가능했던 건 박건호의 성장과 더불어 오스틴 번이 노련하고 영리하게 리드를 했기 때문이다.

반면 매리너스의 주전 포수 마이클 주니노는 오타니 쇼헤에 대해 완벽하게 파악하지 못하고 있었다.

"마이클! 대체 뭘 하고 있는 거야! 포심 패스트볼이 얻어맞고 있잖아! 왜 변화구를 섞지 않는 거야?"

매리너스의 팀 보거트 벤치 코치도 마이클 주니노에게 다가가 잔소리를 늘어놓았다.

다양한 구종을 던질 수 있는 오타니 쇼헤가 자신의 장점을 살리지 못하는 게 마이클 주니노의 일방적인 볼 배합 때문이라고 여겼다.

그러나 마이클 주니노도 답답하긴 마찬가지였다.

"내가 하고 싶은 말이에요. 코치, 제발 가서 저놈 고집 좀 꺾으라고 말해줘요."

"그게 무슨 소리야?"

"죽어도 포심 패스트볼 위주로 던지겠다고 고집을 부려요. 다른 공을 던지면 지는 거래요."

"대체 누구한테 진다는 거야?"

"누구긴 누구예요. 저기 저 녀석이죠."

마이클 주니노의 시선이 마운드에 올라선 박건호에게 향했다. 그러자 팀 보거트 코치의 입에서 한숨이 흘러나왔다.

"지금 그걸 말이라고 하는 거야? 명색이 주전 포수면 확실하게 리드했어야지!"

"나도 이닝 끝날 때마다 말해봤죠. 하지만 듣질 않아요. 게다가 먼저 실점까지 했으니……. 하아, 나도 모르겠어요. 그렇게 자신 있으면 코치가 직접 말해보든가요."

투수와 포수를 묶어 배터리라 부르는 건 그만큼 유기적인 호흡이 필요하기 때문이었다. 어느 한쪽이 일방적인 목소리를 낼 경우 다른 한쪽은 과부하에 걸릴 수밖에 없었다.

팀 보거트 코치가 아니더라도 마이클 주니노의 머릿속은 터지기 일보직전이었다.

이제 슬슬 힘이 떨어질 시점이 왔는데 오타니 쇼헤가 여전히 포심 패스트볼을 고집하고 있으니 리드하는 것 자체가 버겁기만 했다.

그렇다고 팀 보거트 코치의 말처럼 오타니 쇼헤를 강하게 몰아붙이기도 어려웠다.

매리너스가 오타니 쇼헤를 잡기 위해 지출한 돈은 무려 2억 달러(포스팅 포함 6년 1억 9,800만 달러)였다. 연평균 3,300만 달러가 넘었다.

반면 마이클 주니노는 아직 100만 달러조차 받지 못하고 있었다.

메이저리그에서 연봉은 곧 실력이다. 연봉이 40배 차이가 난다고 해서 실력까지 40배 차이가 나는 건 아니지만 마이클 주니노가 오타니 쇼헤를 리드하기에는 한계가 있었다.

그 점을 팀 보거트 코치도 모르지 않았다. 그럼에도 마이클 주니노를 닦달하는 건 그 역시도 오타니 쇼헤가 불편하기 때문이었다.

"아무튼 정신 바짝 차려. 벌써 67구라고. 이런 식으로 가다간 90구를 넘기기도 전에 힘이 빠지고 말 거야."

팀 보거트 코치가 생각하는 오타니 쇼헤의 한계 투구 수는 90구 정도였다.

오타니 쇼헤 본인이야 100구는 물론이고 120구도 문제없다고 하지만 중심 타자로서 타석에 들어서야 하는 걸 감안하면 90구 이후부터 위험해 질 수 있었다.

90구까지 남은 투구 수는 23구.

다음 이닝을 삼자범퇴로 돌려세운다면 다행이지만 4회처럼 제구가 흔들리며 투구 수가 많아진다면 고작 5이닝 만에 강판당하게 될 수 있었다.

그러나 투구 수를 두고 진지하게 고민해야 할 오타니 쇼헤는 대기 타석에서 방망이를 내돌리느라 정신이 없었다.

"후우……. 저래서 내가 말렸던 건데……."

오타니 쇼헤를 발견한 팀 보거트 코치가 절레절레 고개를 흔들었다. 한 점 차로 뒤지고 있는 상황이라면 점수를 뽑는 건

타자들에게 맡기고 투구에 집중하는 편이 나았다.

하지만 정작 오타니 쇼헤는 거꾸로 생각하고 있었다.

'두고 봐. 이번에야 말로 담장 밖으로 날려 버릴 테니까.'

오타니 쇼헤가 부리부리한 눈으로 박건호를 노려봤다.

그러나 박건호의 시선은 타석에 들어선 카인 시거에게 향해 있었다.

앞선 타석에서 3구 삼진을 당한 게 분했던 걸까.

카인 시거는 초구와 2구째 들어온 포심 패스트볼에 연거푸 방망이를 내돌렸다.

투 스트라이크 노 볼.

"후우……."

여유롭게 로진 가루를 불어내며 박건호가 오스틴 번을 바라봤다.

잠시 고심하던 오스틴 번이 천천히 손가락을 움직였다.

첫 번째 수신호는 손가락 두 개

두 번째 수신호는 엄지손가락.

세 번째 수신호는 새끼손가락.

'바깥쪽 커터라.'

박건호가 천천히 고개를 끄덕였다. 기대했던 커브나 포심 패스트볼 사인은 아니었지만 뭔가 재미있는 결과가 나올 것 같다는 생각이 들었다.

'투 스트라이크를 잡았으니 파울을 유도하라는 건 아닐 테고. 결국 헛스윙인데…… 그렇다면 확실한 볼을 던져야겠지?'

오스틴 번도 같은 생각인 듯 홈 플레이트 바깥쪽에 완전히 빠져 앉은 채 미트를 들어 올렸다.

"좋아."

단단히 투구판을 밟은 뒤 박건호가 오스틴 번의 미트를 향해 있는 힘껏 공을 내던졌다.

후앗!

박건호의 손끝을 빠져나간 공이 한복판을 지나 바깥쪽으로 움직였다.

그러자 볼카운트가 몰린 카인 시거가 반사적으로 방망이를 내돌렸다.

그러나 마지막 순간에 바깥쪽으로 날카롭게 휘어진 공은 그대로 오스틴 번의 미트 속에 파묻혔다.

"스트라이크, 아웃!"

구심의 요란한 삼진 콜과 함께 첫 번째 아웃 카운트가 만들어졌다.

─건! 오늘 경기 여덟 번째 탈삼진을 잡아냅니다.

─카인 시거, 두 타석 연속 3구 삼진인데요. 아무래도 충격이 클 것 같습니다.

콕스 TV 중계진은 그저 혀를 내둘렀다.

박건호는 초구와 2구, 연속 101mile/h(≒162.5㎞/h)의 포심 패스트볼을 찔러 넣어 헛스윙을 유도한 뒤 3구째 바깥쪽으로 도망치는 커터를 던져 4번 타자인 카인 시거를 제압해 냈다.

카인 시거도 이를 악물고 방망이를 내돌려 봤지만 박건호의 빠른 공에 전혀 타이밍을 맞추지 못했다.

그야말로 압도적인 투구였다. 그렇다 보니 오타니 쇼헤의 타석임에도 이렇다 할 기대감이 들지 않았다.

—투수 오타니 쇼헤의 두 번째 타석입니다.

—앞선 타석에서 3구 삼진을 당했는데요.

—박건호를 상대로 팀의 첫 안타를 만들어낼 수 있을지 지켜보겠습니다.

콕스 TV 중계진의 말을 듣기라도 한 듯 오타니 쇼헤가 방망이를 단단히 움켜쥐었다. 그러면서 은연중에 바깥쪽으로 시선을 두었다.

첫 타석 때 박건호의 바깥쪽 투심 패스트볼에 당했다는 사실을 잊지 않은 것이다.

'빠른 공. 빠른 공을 던져라.'

오타니 쇼헤는 박건호의 패스트볼에 초점을 맞췄다.

앞선 타석 때처럼 또다시 투심 패스트볼이 들어와도 좋고 포심 패스트볼도 상관없었다. 박건호의 패스트볼에 어느 정도 타이밍이 맞고 있으니 이번 타석에서 어떻게든 공을 때려 낼 생각이었다.

그러나 오스틴 번은 오타니 쇼헤가 박건호의 공에 익숙해지도록 놔둘 생각이 전혀 없었다.

후앗!

박건호의 손끝을 빠져나간 공이 큰 포물선을 그리며 오타니 쇼헤의 몸 쪽을 파고들었다.

커브.

'젠장!'

오타니 쇼헤가 질근 입술을 깨물었다. 하필이면 자신의 노림수와 정반대되는 공이 날아든 것이다.

오타니 쇼헤는 타격을 포기하고 구심의 판단을 기다렸다. 살짝 높은 감이 없지 않았으니 잘만 하면 볼 판정이 나올 거라 여겼다.

하지만 구심은 일말의 망설임도 없이 오른팔을 들어 올렸다.

"스트라이크!"

오타니 쇼헤가 2억 달러를 받는 루키라고는 하지만 이곳은 다저스 스타디움이었다. 아슬아슬한 공들은 스트라이크 판정을 받을 가능성이 높을 수밖에 없었다.

"크윽!"

오타니 쇼헤가 빠득 이를 갈았다. 구심의 판정을 떠나서 박건호에게 완벽하게 농락당했다는 사실이 화가 났다.

오스틴 번은 그런 오타니 쇼헤의 동요를 놓치지 않았다.

'자, 2구는 여기로.'

오스틴 번이 또다시 몸 쪽으로 미트를 밀어 넣었다.

구종은 포심 체인지업.

지난해 박건호를 내셔널 리그 신인왕으로 만들어준 바로 그 공이었다.

"좋아."

박건호는 단단히 고개를 끄덕였다. 그러고는 오스틴 번의 미트를 향해 힘껏 공을 내던졌다.

후앗!

박건호의 손끝을 빠져나간 공이 포심 패스트볼처럼 오타니 쇼헤의 몸 쪽을 파고들었다.

"어딜!"

오타니 쇼헤는 망설이지 않고 방망이를 내돌렸다.

하지만.

따악!

마지막 순간에 뚝 떨어진 공은 방망이 끝부분에 걸려 1루 측 파울라인 밖으로 휘어져 나가 버렸다.

'빌어먹을! 빌어먹을!'

오타니 쇼헤는 아쉬움을 감추지 못했다. 포심 체인지업이라는 걸 알아챘을 때 어떻게든 허리를 멈춰 세웠어야 했는데 심리적으로 쫓기다 보니 그대로 방망이를 돌리고 말았다.

그렇게 투 스트라이크가 됐다.

'좋아, 건! 마지막은 이걸로 가자고.'

오스틴 번이 힘차게 미트를 두드렸다.

사인을 확인한 박건호가 씩 웃었다.

바깥쪽 하이 패스트볼.

앞선 타석에서 오타니 쇼헤가 박건호를 삼진으로 돌려세울 때 마지막으로 던졌던 공이 바로 이 공이었다.

투 스트라이크에 몰린 박건호는 공이 높다는 사실도 인지하지 못하고 방망이를 내돌려야 했다.

그래서 오스틴 번은 박건호가 느꼈을 더러운 기분을 오타니 쇼헤에게 똑같이 되돌려 주고 싶었다. 또한 모두에게 알려주고 싶었다.

오타니 쇼헤도 투 스트라이크에 몰리면 별수·없다는 사실을 말이다.

'아무튼 나보다 더 극성이라니까.'

박건호가 가볍게 고개를 끄덕였다. 그리고 오스틴 번의 미트를 향해 힘껏 공을 내던졌다.

후앗!

박건호의 손끝을 빠져나간 공이 오타니 쇼헤의 눈높이로 날아들었다. 누가 봐도 유인구의 느낌이 강했지만 오타니 쇼헤는 망설이지 않고 방망이를 휘돌렸다.

후웅!

빠르게 허리를 빠져나온 방망이가 바깥쪽으로 도망치는 공을 따라 움직였다.

하지만 애석하게도 공의 움직임이 더 빨랐다. 속았다는 사실을 알아챈 오타니 쇼헤가 어떻게든 공을 걷어내려 시도해 봤지만.

퍼엉!

공이 포수 미트에 파묻히는 걸 막을 수는 없었다.

"스트라이크, 아웃!"

구심이 요란스럽게 삼진을 선언했다.

"크아아아!"

오타니 쇼헤가 그 자리에서 악을 내질렀다.

그 모습이 중계 카메라를 통해 고스란히 전파를 탔다.

-건, 오타니 쇼헤에게 당했던 걸 고스란히 돌려줍니다.

-앞선 타석에서 건도 오타니 쇼헤의 바깥쪽 포심 패스트볼에 헛스윙을 하고 말았는데요. 건은 담담하게 물러난 반면 오

타니 쇼헤는 무척이나 아쉬워하고 있습니다.

─건이 공격적인 투구로 볼카운트를 유리하게 끌고 가는 게 매리너스 타자들을 힘들게 만들고 있는데요.

─5회, 마지막 아웃 카운트를 남겨놓은 상황에서 건은 단 하나의 안타도 내주지 않고 있습니다.

─아울러 사사구도 없고요.

─이대로 가다간 대기록 작성도 기대해 볼 만한데요.

─지금까지 완투를 한 경기는 없습니다만 이대로만 간다면 대기록도 충분히 가능해 보입니다.

콕스 TV 중계진은 노히트노런이나 퍼펙트게임에 대한 기대감을 감추지 않았다. 4번 타자 카인 시거와 5번 타자 오타니 쇼헤를 연속 3구 삼진으로 돌려세운 것으로도 모자라 6번 타자 진 세그라를 투 스트라이크로 몰아넣는 압도적인 투구라면 대기록까지 충분히 이어질 것만 같았다.

그러나 대기록은 입 밖에 꺼내는 순간 깨진다던가.

따악!

진 세그라가 가까스로 건드린 타구가 홈 플레이트에 맞고 크게 바운드되면서 박건호의 퍼펙트 기록도 깨지고 말았다.

─아, 진 세그라. 한발 먼저 1루에 들어갑니다.

-저스트 터너. 아쉬운 수비가 나왔습니다. 손으로 공을 잡으려다 놓치고 말았네요.

-저스트 터너 입장에서는 글러브로 포구하는 건 늦는다고 판단했을지도 모릅니다. 하지만 조금만 더 침착하게 포구를 했다면 어땠을까 하는 아쉬움이 남네요.

진 세그라의 행운의 내야 안타가 나오면서 박건호도 잠시 위기를 맞았다.

장타력을 갖춘 7번 타자 아담 리드가 박건호의 바깥쪽 포심 패스트볼을 힘으로 밀어내 유격수와 3루수, 좌익수 사이에 떨어지는 텍사스성 안타를 만들어낸 것이다.

주자 1, 3루.

2사 이후지만 폭투만 나와도 동점이 가능했다.

"대타를 내보내야 합니다."

팀 보거트 벤치 코치가 목소리를 높였다. 지금이야말로 베테랑 넬슨 크로스를 대타로 내보낼 때라며 흥분을 감추지 못했다.

지명타자 제도가 없는 내셔널 리그 경기라 어쩔 수 없이 벤치를 지켜야 했던 넬슨 크로스도 방망이를 집어 들고 스윙을 시작했다.

하지만 스캇 서바이브 감독은 고개를 저었다.

"마이클 주니노를 뺄 수는 없어. 마이클이 빠지면 오타니 쇼헤가 흔들릴 거라고."

현재 매리너스의 25인 로스터에 포함된 포수는 두 명. 마이클 주니노와 크리스 아네타뿐이다.

단순히 경험이나 수비적인 역량만 따지자면 91년생 마이클 주니노보다 83년생 크리스 아네타가 더 나았다.

하지만 이상하게도 오타니 쇼헤는 크리스 아네타보다 마이클 주니노를 더 선호했다. 덕분에 크리스 아네타는 주전 포수 경쟁에서 완전히 밀려 버린 상태였다.

"어차피 다저스의 5회 말은 하위 타선입니다. 한 이닝 정도는 크리스 아네타와 호흡을 맞춰도 별문제 없을 겁니다."

팀 보거트 코치가 답답하다는 표정을 지었다. 다저스의 5회 말 공격은 7번 타자 엔리 에르난데스부터 시작한다. 그리고 오스틴 번과 박건호로 이어진다.

이 정도 타순이면 포수가 바뀐다 하더라도 오타니 쇼헤가 충분히 이겨낼 수 있었다.

게다가 오타니 쇼헤의 투구 수로 감안했을 때 5회 이후에는 투수 교체를 고려해야 하는 시점이었다. 당초 계획처럼 오타니 쇼헤를 7회까지 끌고 갈 생각이 아니라면 당연히 점수를 쫓아가는 결정을 내려야 옳았다.

그러나 스캇 서바이브 감독은 눈 하나 꿈쩍하지 않았다.

"오타니 쇼헤는 이번이 메이저리그 두 번째 선발 등판 경기야. 그렇다면 배려를 해주는 게 당연한 거라고."

스캇 서바이브 감독은 마이클 주니노를 그대로 밀어붙였다.

그리고 박건호는 마이클 주니노를 3구 삼진으로 돌려세우고 2사 주자 1, 3루 위기를 탈출했다.

—건! 마이클 주니노를 삼진으로 잡아냅니다. 오늘 경기 벌써 탈삼진이 10개째인데요.

—개인 최고 기록은 지난 파드리스전 때 보여주었던 13개입니다. 5회에 기분 나쁜 안타를 허용하고 잠시 흔들리긴 했습니다만 7회까지 마운드를 지킨다면 개인 최고 기록을 갱신할 가능성도 충분해 보입니다.

—반면 오타니 쇼헤는 4회까지 탈삼진이 5개인데요.

—건처럼 오타니 쇼헤가 5회 세 타자를 전부 삼진으로 돌려세운다 하더라도 건에게 두 개 뒤처지게 됩니다.

—하지만 타순이 좋으니까요.

—확실히 탈삼진 개수를 늘릴 절호의 기회입니다. 오타니 쇼헤가 방심하지만 않는다면 충분히 좋은 결과를 만들어낼 수 있다고 생각합니다.

콕스 TV 중계진의 독려 속에 오타니 쇼헤가 비어 있던 마운드 위로 올라갔다.

5회 말 다저스의 선두 타자는 7번 타자 엔리 에르난데스였다. 아직 시즌 초반이긴 하지만 작년에 이어 올해도 2할대 초중반의 타율에서 벗어나지 못하고 있었다.

'자, 오타니. 빨리빨리 끝내자고.'

마이클 주니노가 가볍게 미트를 두드렸다. 7번부터 시작되는 하위 타선이었다. 이번 이닝에서 쓸데없이 투구 수를 늘렸다간 6회에 마운드에 오르기 어려웠다.

오타니 쇼헤도 단단히 고개를 끄덕였다.

이번 이닝 목표는 타자 전원 삼진이었다. 그렇게만 하면 박건호와의 탈삼진 격차를 2개까지 좁힐 수 있었다.

'어차피 앞서서 전부 삼진을 잡은 상대들이니까.'

엔리 에르난데스는 2회, 오스틴 번과 박건호는 3회 각각 삼진으로 돌려세웠다. 오타니 쇼헤는 그때의 기억을 머릿속에 떠올렸다. 그리고 절대 치지 못할 거라며 있는 힘껏 포심 패스트볼을 내던졌다.

후앗!

오타니 쇼헤의 손을 빠져나간 공이 엔리 에르난데스의 몸쪽을 파고들었다.

그런데 그 공이 살짝 가운데로 몰려 들어갔다.

따악!

엔리 에르난데스는 거의 반사적으로 방망이를 내돌렸다. 그리고 그 타구가 유격수와 3루수 사이를 절묘하게 뚫고 지나가 버렸다.

"빌어먹을!"

오타니 쇼헤가 질근 입술을 깨물었다. 공을 던지기 전 더그아웃 앞을 어슬렁거리던 박건호와 잠시 눈이 마주쳤는데 그게 투구에 영향을 미친 것 같았다.

"이거 위험한데."

전광판을 바라보던 마이클 주니노도 한숨을 내쉬었다.

전광판에 찍힌 구속은 100mile/h(≒160.9㎞/h).

여전히 빠르긴 했지만 경기 초반에 비해 3mile/h 정도 줄어들어 있었다. 그 미묘한 차이가 내야 땅볼을 안타로 만들어낸 것 같았다.

그나마 다행인 건 다음 타자가 오스틴 번이라는 점이었다.

'보나마나 번트 작전이 나오겠지. 일단 번트는 내주고 건을 잡자고.'

마이클 주니노가 다저스 더그아웃을 힐끔거렸다. 아니나 다를까. 모렐 허샤이저 감독과 이야기를 주고받은 밥 그린 벤치 코치가 현란한 사인을 내기 시작했다.

'번트라.'

크리스 우드 3루 코치를 통해 사인을 전해 받은 오스틴 번이 살짝 미간을 찌푸렸다.

다음 타자가 투수인 박건호인 만큼 오스틴 번은 어쩌면 코칭스태프가 자신을 믿고 맡길지도 모른다고 기대했다.

여기서 번트를 대봐야 1사 주자 2루였다. 다음 타자인 박건호가 허무하게 아웃된다면 득점 기회를 살리지 못하게 될 가능성이 높았다.

그런데도 더그아웃에서는 번트 사인을 냈다.

'날 못 믿는 게 아냐. 그만큼 한 점이 절실하다는 소리야.'

오스틴 번은 애써 스스로를 달랬다. 그리고 오타니 쇼헤의 초구를 지켜본 뒤 2구째 몸 쪽을 파고드는 슬라이더에 정확하게 방망이를 가져다 댔다.

딱.

방망이 손잡이 부분에 걸린 타구가 3루 라인을 타고 흘렀다.

3루수 카인 시거는 망설이지 않고 공을 잡아냈다. 파울이 되길 기다리는 것보다 적극적인 수비로 아웃 카운트를 늘리는 편이 낫다고 판단한 것이다.

오스틴 번이 1루에서 잡히는 동안 1루 주자였던 엔리 에르난데스는 2루까지 들어갔다. 그러나 오타니 쇼헤는 등 뒤의 주자를 신경 쓰지 않았다.

'복수의 순간이군.'

오타니 쇼헤의 시선이 타석에 들어선 박건호에게 향했다.

박건호도 이번 타석은 허무하게 물러서지 않겠다며 제법 단단히 방망이를 들어 올렸다.

하지만 여전히 100mile/h에 가까운 오타니 쇼헤의 포심 패스트볼을 따라가기란 쉬운 일이 아니었다.

퍼엉!

초구 99mile/h(≒159.3㎞/h)의 포심 패스트볼이 바깥쪽 꽉 찬 코스에 틀어박혔다.

원 스트라이크.

퍼엉!

2구째 100mile/h의 포심 패스트볼이 몸 쪽을 날카롭게 파고들었다.

투 스트라이크.

"후우……."

잠시 타석에서 물러난 박건호가 길게 숨을 골랐다.

확실히 오타니 쇼헤의 공은 좋았다. 인정하고 싶지 않지만 인정할 수밖에 없을 것 같았다.

하지만 그렇다고 해서 두 타석 연속 3구 삼진으로 물러날 생각은 없었다.

'분명 앞선 타석 때처럼 포심 패스트볼을 유인구로 던져 헛스윙을 이끌어 내겠지. 하나만 참자. 하나만 참으면 뭔가 달

라질 수도 있어.'

박건호는 3구를 그냥 지켜보기로 마음먹었다. 그러다 한복판에 포심 패스트볼이 들어온다면 그대로 삼진을 당하겠지만 느낌상 오타니 쇼헤가 앞서 당한 삼진의 복수를 하려 들 것 같다는 생각이 들었다.

아니나 다를까.

퍼엉!

오타니 쇼헤의 3구가 바깥쪽 높은 코스로 날아들었다.

전광판에 찍힌 구속은 자그마치 102mile/h(≒164.2㎞/h).

박건호를 잡아내기 위해 전력을 다한 모양이었다.

그러나 애석하게도 공은 바깥쪽으로 살짝 벗어나 있었다.

"크으으!"

박건호가 당연히 방망이를 내돌릴 줄 알았던 오타니 쇼헤의 얼굴이 와락 일그러졌다.

반면 박건호는 가슴을 쓸어내려야 했다. 공이 너무 빨라서 바깥쪽으로 빠져나갈 거라는 판단이 들지 않았기 때문이다.

'좋아. 일단 하나만 더 지켜보자.'

박건호가 길게 숨을 내쉬며 오타니 쇼헤를 바라봤다.

느낌상 오타니 쇼헤의 4구도 스트라이크존을 빠져나갈 것 같았다.

아니나 다를까.

파앙!

오타니 쇼헤의 손끝을 떠난 공이 한복판을 지나 바깥쪽으로 빠져나갔다.

어떻게든 박건호를 낚아보겠다며 아슬아슬한 코스에 공을 던졌지만 삼진에 대한 의욕이 과했던지 마지막 순간에 스트라이크존을 살짝 벗어나 버렸다.

"빌어먹을!"

오타니 쇼헤의 입에서 절로 짜증이 터져 나왔다.

타자들도 헷갈려 하는 공들을 투수인 박건호가 참아내고 있으니 흥분을 감추기가 어려웠다.

그래서일까.

오타니 쇼헤가 먼저 승부수를 띄웠다.

'포크볼. 포크볼을 던지겠어.'

오타니 쇼헤의 사인을 받은 마이클 주니노가 미간을 찌푸렸다. 오타니 쇼헤의 포크 볼은 움직임이 상당히 까다로웠다. 그래서 실전에서는 좀처럼 사인을 내지 않았다.

지난 데뷔전에서 오타니 쇼헤가 던진 포크볼은 단 두 개.

그중 높은 궤적으로 날아든 공은 포구가 이루어졌지만 낮게 깔려 들어오는 공은 패스드볼로 연결됐다.

오타니 쇼헤가 포크 볼에 자신감을 보이긴 하지만 포수인 마이클 주니노 입장에서는 부담스러울 수밖에 없었다.

'투 스트라이크잖아. 차라리 커브를 던져.'

마이클 주니노가 커브로 구종을 바꿔 사인을 냈다.

그러나 오타니 쇼헤는 커브 사인이 나오기가 무섭게 고개를 저었다.

뒤이어 슬라이더 사인을 내봤지만 오타니 쇼헤의 반응은 달라지지 않았다.

'젠장할!'

마이클 주니노가 입술을 질근 깨물었다. 오타니 쇼헤가 고집을 부리는 이상 더는 방법이 없을 것 같았다.

'좋아. 포크볼. 던지라고. 대신 높게 던져. 낮게 깔리는 공은 자신 없으니까.'

마이클 주니노가 가슴 쪽으로 미트를 들어 올렸다. 높게 날아들다가 한복판에서 뚝 떨어지는 공이라면 어떻게든 잡아낼 수 있을 것 같았다.

그러나 오타니 쇼헤는 그런 뻔한 공을 던질 생각이 추호도 없었다.

'왜 저런 멍청한 사인을 내는 거야? 주전 포수라면 어떻게든 받으라고.'

잠시 미간을 찌푸렸던 오타니 쇼헤가 곧장 투구 동작에 들어갔다.

후앗!

오타니 쇼헤의 손끝을 빠져나간 공이 바깥쪽 코스로 날아들었다.

'들어왔다!'

박건호는 곧바로 방망이를 내돌렸다. 투 스트라이크 투 볼 상황에서 오타니 쇼헤가 또다시 유인구를 던질 가능성은 낮다고 판단한 것이다.

하지만 마지막 순간에 뚝 하고 떨어진 공은 박건호의 스윙 궤적을 완전히 벗어나 버렸다.

'포크볼!'

뒤늦게 구종을 알아챈 박건호의 얼굴이 와락 일그러졌다.

하지만 그것도 잠시.

"젠장할!"

머리 뒤에서 마이클 주니노의 비명이 들리자 박건호는 반사적으로 방망이를 내돌렸다. 그리고 1루를 향해 빠르게 내달렸다.

"어디야? 대체 어디 있는 거야?"

박건호가 지나치게 빨리 대응하자 마이클 주니노도 마음이 급해졌다.

하지만 가랑이 사이로 빠져 버린 공은 좀처럼 나타나질 않았다.

그러자 보다 못한 오타니 쇼헤가 포수석까지 달려 왔다.

"저쪽이잖아! 멍청아!"

오타니 쇼헤가 일본어를 내뱉으며 3루 측 더그아웃 쪽으로 손을 뻗었다.

다행히 공은 생각보다 멀리 튀지 않았다.

마이클 주니노도 냉큼 걸음을 옮겨 공을 잡아냈다.

그 순간.

"마이클! 1루로! 빨리!"

3루수 카인 시거가 크게 소리쳤다.

마이클 주니노는 반사적으로 몸을 돌려 1루를 향해 공을 내던졌다.

하지만 애석하게도 박건호와 동선이 겹쳐 버렸다.

후앗!

1루에 거의 다 도착한 박건호를 피해 공을 던지려다 보니 송구가 완전히 틀어졌다.

"크앗!"

1루수 아담 리드가 어떻게든 잡아보겠다고 팔을 쭉 뻗어봤지만 글러브 끝을 스쳐 지난 공은 그대로 우익수 앞으로 빠져나갔다.

"돌아! 돌아!"

송구가 빠진 걸 확인한 크리스 우드 3루 코치가 크게 손을 휘저었다.

3루에 거의 다 도착했던 2루 주자 엔리 에르난데스는 그대로 3루를 밟고 홈으로 뛰었다.

반면 박건호는 1루와 2루 사이에서 주춤했다. 우익수 반 가멜이 생각보다 빠르게 공을 걷어낸 것이다.

그런데도 크리스 우드 코치는 박건호에게 뛰라는 사인을 내렸다.

"에라 모르겠다!"

잠시 방황했던 박건호가 다시 2루를 향해 움직였다. 그러자 홈 승부를 시도하려던 반 가멜이 홈을 포기한 채 2루로 공을 내던졌다.

"아웃!"

송구가 정확하게 유격수 진 세그라의 글러브에 잡히면서 박건호는 2루를 밟아보지도 못하고 태그아웃이 되고 말았다.

하지만 다저스 선수들은 물론이고 관중들까지 박건호를 향해 기립박수를 보냈다.

박건호가 2루에서 시간을 끌어준 덕분에 2루 주자였던 엔리 에르난데스가 두 베이스를 진루하여 득점을 올릴 수 있었기 때문이다.

–건! 어수룩했지만 영리한 주루 플레이를 보여주었습니다.

–2루까지 내달리다 중간에 잠시 주춤했는데요. 벤 가멜이

홈으로 송구할 것 같으니 페이크 동작을 선보인 듯한 느낌입니다.

　-저 역시 같은 생각입니다. 느린 그림으로 보니까 더 명확한데요. 보세요. 벤 가멜이 포구를 하면서 송구를 위해 홈 쪽을 바라보는 그 순간에 건이 방향을 바꿔 버렸습니다.

　-솔직히 홈 승부를 걸었다면 어떻게 될지 예측하기 어려웠는데요.

　-하지만 박건호가 확실한 미끼가 되어주면서 벤 가멜의 송구는 홈이 아니라 2루로 향했습니다.

　-패스드볼 하나로 2루 주자를 홈까지 불러들였으니 이건 다저스가 남는 장사를 한 것 같은데요.

　-매리너스 입장에서도 큰 손해를 봤다고 말하긴 어려울 겁니다. 만약 그대로 1사 1, 3루 상황이 됐다면 대량 득점으로 이어졌을지 모르니까요.

　-어쨌든 건, 영리한 플레이로 매리너스와의 리드를 두 점 차이로 벌려 놓습니다.

콕스 TV 중계진도 박건호에게 호평을 쏟아냈다. 설사 의도했던 플레이가 아니었다 해도 상관없었다. 결과가 좋았고 그 결과가 박건호 덕분에 이루어졌으니 칭찬받아 마땅하다는 분위기였다.

"후우……."

더그아웃으로 돌아온 박건호는 숨을 고르며 물을 마셨다.

동료들의 칭찬이 반쯤은 농담인 것 같아 썩 달갑진 않았지만 1 대 0이던 전광판의 점수가 2 대 0으로 바뀌었다는 사실만큼은 무척이나 마음에 들었다.

그러자 포수 장비를 착용하던 오스틴 번이 박건호의 손에 든 이온 음료를 빼앗아 들며 말했다.

"아직 안심하지 마. 고작 두 점이니까."

"뭐야, 네 물 마시지 왜 내 걸 마시고 난리야?"

"치사하게 굴지 말고, 숨 고르면서 내 말 잘 들어. 점수 차이가 벌어졌으니까 아마 공격적으로 나올 거야. 그러니까 커브와 포심 체인지업의 비중을 높이자."

"맞혀 잡자는 말이야?"

"아니, 포심 패스트볼의 위력을 높이자는 소리야. 난 오늘 경기에서 최소 8회까지 포수 마스크를 쓰고 싶거든."

지금까지 박건호가 소화한 가장 긴 이닝은 7이닝이었다.

작년에 네 번 그리고 파드리스전에서 한 번.

작년 네셔널스전을 시작으로 4경기 연속 7이닝을 소화하고 있었다.

모렐 허샤이저 감독은 박건호의 이닝 소화 능력에 충분히 만족한다는 뜻을 보였다.

이제 만 19살, 메이저리그 2년 차로서 매 경기 6~7이닝 정도만 꾸준히 소화해 준다고 해도 팀에게는 큰 보탬이 될 거라고 덧붙였다.

하지만 오스틴 번은 박건호와 더 많은 이닝을 소화해 내고 싶었다.

투구 수가 많거나 피로가 누적되어 구위가 떨어진 경우라면 어쩔 수 없겠지만 오늘처럼 최고의 컨디션을 선보이는 날에는 8회, 더 나아가 완투까지 욕심이 났다.

그 점에 대해서는 박건호도 생각이 같았다. 5회까지 고작 46구를 던졌는데 7회에 투구를 마치는 건 너무 아쉬웠다.

"그런 뜻이라면 좋아. 단, 오타니 쇼헤는 무조건 삼진으로 잡을 거야."

"그건 나도 바라던 바야."

박건호와 오스틴 번이 서로 주먹을 맞부딪쳤다.

그 모습이 공교롭게도 중계 카메라를 통해 포착됐다.

-건, 확실히 웃는 모습이 좋아 보입니다. 다저스 팬들은 건에게 스마일 건이라는 별명을 지어주기도 했는데요.

-그전에는 코리안 건으로 불렸죠. 하지만 오늘 경기가 끝나고 나면 아마 다저스 팬들은 다른 별명을 찾게 될 겁니다.

-어떤 별명이 좋을까요?

―글쎄요. 전 개인적으로 건의 루키 헤이징 때의 의상이 참 인상 깊었는데요.

―아, 슈퍼맨 말이로군요. 그렇다면 슈퍼 건이 되는 건가요?

―작년까지만 해도 건은 작은 총이었을지 모릅니다. 하지만 보세요. 지금 마운드에 올라가고 있는 저 소년을요.

―건은 올해 연봉이 60만 달러밖에 되지 않는, 이제 막 루키 꼬리표를 뗀 선수입니다. 이제 열아홉밖에 되지 않았고요. FA가 되더라도 스물넷에 불과합니다.

―저 어린 소년이 아시아 최고의 투수라는 오타니 쇼헤를 상대로 승리를 눈앞에 두고 있습니다.

―오타니 쇼헤. 매리너스가 큰 기대를 걸고 영입한 투수인데요. 포스팅 비용을 포함해 6년간 2억 달러를 투자했습니다. 오늘 경기 성적은 5회까지 4피안타 1사구, 2실점입니다. 메이저리그 두 번째 선발 경기인 걸 감안하면 나쁘진 않은데요.

―하지만 한 수, 아니, 두 수 아래라고 평가받던 건에게 완전히 분위기를 내준 모습입니다.

―이래서 야구공은 둥글다고들 하죠.

―그래도 건, 긴장을 놓쳐서는 안 됩니다. 이제 6회예요. 아직 매리너스의 공격은 4이닝이나 남아 있습니다.

―건이 다저스 팬들이 원하는 위대한 투수로 성장하기 위해서는 5회까지의 투구보다 6회 이후의 투구가 중요합니다. 5회

까지는 누구든 이를 악물고 잘 막아낼 수 있습니다. 하지만 6회 이후는 다르죠.

—상대와도 싸워야 하지만 자기 자신과도 싸워야 하니까요.

—그 단계를 지나야 비로소 에이스의 자격을 갖췄다고 할 수 있을 것 같습니다.

콕스 TV 중계진은 아예 대놓고 박건호를 응원했다. 모두가 오타니 쇼헤이가 이길 거라고 여겼지만 정작 경기는 박건호가 주도하고 있었다.

마치 스스로 에이스로서 각성해 가는 것만 같아 가슴을 두근거리게 만들었다.

박건호도 새로운 각오로 마운드에 올라 타자들을 상대했다. 7회에 이어 8회까지 투구를 이어가기 위해서는 일단 6회 세 타자를 깔끔하게 틀어막아야 했다.

선두 타자는 9번 타자 반 가멜.

앞서 깔끔한 송구로 박건호를 2루에서 잡아낸 장본인이었다.

첫 타석 결과는 3구 삼진.

위력적인 포심 패스트볼 앞에 반 가멜은 제대로 된 스윙조차 해내지 못했다.

"후우……"

타석에 들어서며 반 가멜이 길게 숨을 내쉬었다. 한 점 차 경기가 두 점 차로 벌어진 상황이었다. 선두 타자로서 출루에 성공하느냐 그렇지 못하느냐에 따라 경기의 향방이 뒤바뀔 수 있었다.

'어차피 빠른 공이야. 그러니까 망설이지 말고 때려내자.'

마음의 준비를 끝마친 반 가멜이 방망이를 움켜쥐었다.

앞선 타석에서는 박건호의 포심 패스트볼을 건드리지도 못 했지만 타순이 한 바퀴 돌았고 박건호도 어느 정도 지쳐 있을 테니 평소보다 한 박자 정도 빠르게 방망이를 내돌리면 좋은 결과가 만들어질 수도 있다고 여겼다.

그때였다.

후앗!

박건호의 손끝을 빠져나간 공이 곧바로 반 가멜의 몸 쪽을 파고들었다.

'왔다!'

반 가멜이 반사적으로 방망이를 내돌렸다.

따악!

둔탁한 타격음이 경기장에 울려 퍼졌다.

방망이 끝에 걸린 타구가 곧장 1, 2루 간으로 날아갔다.

"내가 잡을게!"

에이든 곤잘레스가 타구를 끊기 위해 재빨리 사선으로 달려 나갔다.

하지만 낮게 깔린 타구는 에이든 곤잘레스의 글러브 밑을 그대로 통과해 버렸다.

"이런!"

간발의 차이로 공을 놓친 에이든 곤잘레스가 황망히 뒤를 돌아보았다. 그러다 자신과 반대로 움직여 공을 쫓아가는 엔리 에르난데스를 발견하고는 안도의 한숨을 내쉬었다.

그사이 박건호는 에이든 곤잘레스를 대신해 재빨리 1루로 달려 들어갔다.

"건!"

역동작으로 공을 잡아낸 엔리 에르난데스가 몸을 빙글 돌려 1루로 공을 내던졌다. 그 송구가 살짝 높이 떠올랐지만 박건호는 큰 키와 큰 팔을 이용해 가볍게 공을 받아냈다.

"아웃!"

자세를 낮추고 상황을 지켜보던 1루심이 단호하게 오른 팔을 들어 올렸다.

"젠장할!"

단 두 걸음을 남겨두고 아웃이 되어버린 반 가멜이 얼굴을 구기며 1루 쪽 더그아웃으로 몸을 돌렸다.

―반 가멜, 좋은 타구를 만들어냈습니다만 다저스의 호수비

에 걸렸습니다.

―건이 모처럼 포심 체인지업을 던졌는데요. 반 가멜이 서둘러 방망이를 내돌렸습니다.

―그래도 생각보다 타구가 잘 맞았습니다. 하마터면 1, 2루 간을 꿰뚫는 안타가 됐을지도 모르는데요.

―에이든 곤잘레스의 글러브에 타구가 맞고 굴절이 됐다면 안타로 이어졌을 가능성이 높았죠. 하지만 다행히도 2루수 엔리 에르난데스가 타구를 처리하는 데 별다른 문제는 없었습니다.

―건도 빠르게 1루 베이스 커버에 들어갔는데요.

―건은 투수치고 수비 능력이 준수한 편이죠.

―투구 밸런스가 좋아서일까요?

―그런 점도 부정하긴 어려울 것 같습니다. 투구 이후에도 몸이 크게 무너지지 않으니 보다 빠르게 수비로 전환할 수 있는 것이겠죠.

―어쨌든 건, 공 하나로 첫 번째 아웃 카운트를 잡아냈습니다.

―6회에 접어들었는데도 아직까지 투구 수가 47구에 불과합니다. 이대로라면 건, 오늘 경기에서 개인 최다 투구 이닝을 갱신할지도 모르겠습니다.

콕스 TV 중계진의 기대 속에 박건호는 1번 타자 레오나르도 마친과 2번 타자 기에르모 에레라를 연속 땅볼로 돌려 세우고 이닝을 마쳤다.

레오나르도 마틴을 상대로 초구에 102mile/h(≒164.2㎞/h)짜리 몸 쪽 포심 패스트볼을 찔러 넣어 초구 스트라이크를 잡아낸 뒤 2구째 같은 코스로 포심 체인지업을 던져 땅볼을 유도해 냈다.

기에르모 에레라에게는 초구 101mile/h(≒162.5㎞/h)의 바깥쪽 포심 패스트볼로 기선을 잡은 뒤 2구째 바깥쪽으로 도망치는 커브를 던져 방망이를 끌어냈다.

6회 세 개의 아웃 카운트를 잡기 위해 박건호가 던진 공은 단 5개.

"51구라니……."

박건호의 투구 수를 계산한 매리너스의 팀 보거트 벤치 코치가 헛웃음을 흘렸다. 이렇게 되면 박건호의 8회 등판은 막을 방법이 없었다.

그나마 희망이 있다면 7회 초였다.

3번 타자 로빈슨 카누부터 시작해 카인 시거와 오타니 쇼헤로 이어지는 중심 타선이 타석에 들어서게 된다.

아직까지 스코어는 2 대 0. 여기서 큰 것 한 방만 터져 나와도 분위기는 얼마든지 뒤바뀔 수 있었다.

'오타니 쇼헤가 6회 말을 무실점으로 막고 7회에 넬슨 크로스를 대타로 내세운다면……'

팀 보거트 코치가 빠르게 계산기를 두드렸다. 확신은 어렵겠지만 계산대로만 경기가 흘러가도 다시 한번 중심 타자들이 타석에 들어설 수 있는 9회에 대 반격을 노릴 수 있을 것 같았다.

그러나 애석하게도 팀 보거트 코치의 계산은 전부 빗나가 버렸다.

따악!

6회 말, 선두 타자로 나선 저스트 터너는 오타니 쇼헤의 몸쪽 포심 패스트볼을 잡아당겨 좌익수 앞 안타를 때려냈다.

앞선 두 타석에서는 오타니 쇼헤의 포심 패스트볼에 제대로 타이밍조차 맞추지 못하는 모습이었지만 세 번째 타석에서 몸 쪽에 살짝 몰려드는 공을 놓치지 않고 때려냈다.

"젠장할!"

오타니 쇼헤가 짜증을 내며 마운드를 걷어찼다. 투 스트라이크 투 볼에서 삼진을 잡기 위해 던진 공이 얻어맞았으니 흥분을 감추기 어려웠다.

그 과정에서 결정적인 실투가 나왔다.

투 스트라이크 원 볼.

유리한 볼 카운트에서 내야 땅볼을 유도하기 위해 던진 몸 쪽 슬라이더가 한복판으로 몰려 버린 것이다.

따악!

타석에 서 있던 코일 시거는 그 공을 놓치지 않고 잡아당겼다.

–큽니다! 계속 날아갑니다!

–저건 넘어갔네요.

–코일 시거! 승부를 결정짓는 투런포를 쏘아 올립니다.

코일 시거의 한 방으로 2 대 0이던 점수가 4 대 0까지 벌어졌다. 그러자 곧바로 스캇 서바이브 감독이 마운드에 올라가 오타니 쇼헤를 달랬다.

–바꿔야죠?

–바꿔야 합니다. 오타니 쇼헤. 지금까지 투구 수가 89구인 데요. 이번 이닝에서 아웃 카운트를 하나도 잡지 못하고 있습니다.

–투구 수도 투구 수지만 포심 패스트볼 구속이 눈에 띄게 줄어들었습니다.

–저스트 터너에게 맞은 공이 97mile/h(≒156.1㎞/h)이었죠?

–코일 시거에게 삼진을 잡으려고 던졌던 포심 패스트볼도

96mile/h(≒154.5㎞/h)에 불과했습니다.

－만약 그 공을 코일 시거가 걷어내지 못했다면 투런 홈런도 없었을 텐데, 매리너스 입장에서는 아쉬움이 클 것 같습니다.

콕스 TV 중계진은 당연히 오타니 쇼헤가 강판될 것이라고 내다봤다. 스캇 서바이브 감독도 가능하면 오타니 쇼헤를 쉬게 해줄 생각으로 마운드에 올라왔다.

그러나 오타니 쇼헤는 단호했다.

"싫습니다."

"오타니."

"더 던질 수 있어요. 그리고 아직 6회입니다. 다음 공격 때 내 타순이 돌아오니 그때 내가 만회하겠습니다. 그러니 여기서 내려가란 소린 하지 마세요."

결국 스캇 서바이브 감독은 오타니 쇼헤의 고집을 꺾지 못했다. 팀이 큰돈을 들여 데려온 투수를 원칙대로 처리한다는 게 말처럼 쉬운 일이 아니었다.

"좋아. 그럼 이번 이닝까지만이야."

"알겠습니다."

스캇 서바이브 감독이 쓴웃음을 흘리며 마운드를 내려갔다. 오타니 쇼헤도 짜증이 났던지 4번 타자 에이든 곤잘레스에게 스트레이트 사사구를 내주며 흔들렸다.

하지만 5번 타자 작 피터슨의 잘 맞은 타구가 2루수 로빈슨 카누의 호수비에 걸리면서 무사 주자 1루의 위기는 2사에 주자 없는 상황으로 바뀌었다.

뒤이어 타석에 들어 선 6번 타자 조시 메딕을 4구 만에 유격수 땅볼로 돌려세우며 오타니 쇼헤는 길었던 6회를 끝마칠 수 있었다.

-오타니 쇼헤, 마운드를 내려갑니다. 6회까지 정확하게 100개의 공을 던졌는데요.

-지난 데뷔전에 이어 오늘 경기에서도 100구를 소화했네요.

-확실히 체력적인 부분에 있어서는 큰 문제가 없어 보입니다.

-6회에 구속이 떨어지면서 흔들리긴 했지만 일본 리그도 상당히 긴 편이니까요. 체력 문제로 시즌 막판에 고생할 것 같지는 않습니다.

-그러나 투구 내용은 아쉬움이 많았습니다.

-피안타 6개, 사사구 2개였죠.

-홈런도 하나 허용했습니다. 그런데도 탈삼진은 7개나 잡아냈네요.

-건에게 와일드 피치가 나오면서 한 점 내준 것과 카일 시거에게 투런 홈런을 맞은 게 뼈아팠습니다.

-동감합니다. 그 두 번의 실점 장면만 없었더라도 오타니 쇼헤는 지금보다 훨씬 당당하게 마운드를 내려갈 수 있었을 겁니다.

-일단 투구 수가 100구를 넘어섰으니 오타니 쇼헤가 7회에 마운드에 오르긴 어려울 것 같습니다. 불펜에서는 일찌감치 몸을 풀었으니까요.

-저는 그보다 7회 초 오타니 쇼헤가 타석에 나올지가 궁금합니다.

-평범한 투수라면 대타를 쓰겠죠. 하지만 오타니 쇼헤니까요. 스캇 서바이브 감독이 밀어붙일지도 모르겠습니다.

-그건 솔직히 현명한 판단이 아닌 것 같은데요.

-하지만 오타니 쇼헤는 6년에 2억 달러를 받는 슈퍼스타니까요. 쉽게 빼지는 못할 것 같습니다.

선발 맞대결이 박건호의 완승으로 끝이 나자 콕스 TV 중계진은 새로운 관심사를 끌고 왔다.

투수 박건호와 투수 오타니 쇼헤의 대결이 아닌 투수 박건호와 타자 오타니 쇼헤의 대결을 부각시킨 것이다.

'제발. 한 번만 더 나와라. 알았지?'

박건호도 오타니 쇼헤와 다시 한번 맞붙길 간절히 바랐다.

오타니 쇼헤의 기대치가 높다 하더라도 두 타석 연속 3구 삼진으로 잡아낸 오타니 쇼헤보다는 더그아웃에서 단단히 벼르고 있을 넬슨 크로스를 상대하는 게 훨씬 더 부담스러운 일이었다.

"대타를 써야 합니다."

팀 보거트 벤치 코치도 스캇 서바이브 감독을 설득하기 위해 안간힘을 썼다.

그러나 스캇 서바이브 감독은 고개를 저었다. 이 상황에서 오타니 쇼헤를 빼고 넬슨 크로스를 넣었다가 어떤 후폭풍을 맞게 될지 알 수 없었기 때문이다.

"오타니 쇼헤에게도 만회할 기회를 줘야 해."

선두 타자 로빈슨 카누가 3구 만에 중견수 플라이로 물러났지만 스캇 서바이브 감독은 꿈쩍도 하지 않았다.

4번 타자 카인 시거마저 3구 삼진으로 물러나자 오히려 믿을 건 오타니 쇼헤뿐이라며 손뼉을 두드리기까지 했다.

그러나 그토록 믿었던 오타니 쇼헤는 세 번째 타석에서도 박건호-오스틴 번 배터리에게 철저하게 농락을 당했다.

초구 바깥쪽에 꽉 차게 들어오는 100mile/h(≒160.9㎞/h)의 포심 패스트볼에 헛스윙을 한 뒤 2구째 몸 쪽을 파고드는 느린 커브에 속수무책 당하고 말았다.

뒤이어 3구째 얼굴 높이로 날아드는 포심 패스트볼에 방망이를 내돌렸지만.

퍼엉!

공은 방망이보다 한참 먼저 홈 플레이트를 스쳐 지났다.

-건! 건! 거어언! 카인 시거에 이어 오타니 쇼헤를 또다시 삼진으로 돌려세웁니다.

-건, 오늘 정말 대단한데요? 삼진만 벌써 12개째입니다.

-와우, 전광판에 무려 103mile/h($\fallingdotseq$165.8㎞/h)이 찍혔습니다. 오타니 쇼헤의 최고 구속을 따라잡았는데요!

-정말 무서운 선수입니다. 지난 경기 때 100mile/h을 넘겨 모두를 깜짝 놀라게 만들더니 고작 나흘 만에 등판한 경기에서 아시아 최고의 강속구 투수인 오타니 쇼헤와 어깨를 나란히 합니다!

-아마 지금쯤이면 오타니 쇼헤의 일방적인 승리를 점쳤던 전문가들이 할 말을 잃었을 것 같은데요.

-물론 한 경기만으로 건이 오타니 쇼헤보다 낫다고 단언할 수는 없을 겁니다. 오타니 쇼헤는 일본 최고의 투수이고 2억 달러를 받고 입단한 선수니까요. 하지만 건이 다시 한번 오타니 쇼헤와 맞붙는다 하더라도 대다수 언론의 섣부른 예측처럼 일방적으로 밀리는 일은 일어나지 않을 것 같습니다.

-저 역시 같은 생각입니다. 제가 스캇 서바이브 감독이라면 오타니 쇼헤의 선발 로테이션을 조정해 버릴 것 같습니다.

-건을 다시 만나지 못하게요?

-네, 그게 오타니 쇼헤를 살리는 최선일 테니까요.

콕스 TV 중계진의 극찬 속에 박건호는 여유롭게 7회를 마쳤다. 그리고 메이저리그 데뷔 이후 처음으로 8회에도 마운드에 올랐다.

7회의 마운드와 8회의 마운드는 확실히 분위기부터 달랐다.

7회가 선발 투수들에게 익숙한 이닝이라면 8회는 아무래도 불펜 투수들의 영역에 가까웠다.

선발과 불펜의 분업화가 정착된 지 오래인 메이저리그에서 투수가 7회를 넘어 8회까지 던진다는 건 결코 흔한 일이 아니었다.

모렐 허샤이저 감독은 마지막까지 고민했다.

메이저리그 3선발은 1년에 거의 33경기를 치러야 한다. 경기당 6이닝만 계산해도 198이닝이었다.

지난 시즌 고작 117.1이닝을 소화한 박건호에게는 부담스러운 숫자일 수밖에 없었다.

하지만 4 대 0의 리드 속에서 7회까지 고작 60개의 공을 던지며 12개의 탈삼진을 잡아낸 박건호를 강판시킬 만한 명분이 없었다.

이닝당 투구 수는 고작 8.57구에 불과했다.

반면 이닝 당 탈삼진은 무려 1.71개에 달했다. 무엇보다 박건호는 7회에 103mile/h(≒165.8㎞/h)을 던지며 개인 최고 구속을 경신했다.

"8회까지만 맡기마. 대신 9회는 욕심 부리지 않는 게 좋겠다."

"네, 감독님."

"체력적인 문제가 없다면 완투할 수 있는 기회를 주마. 하지만 오늘 경기는 굳이 그럴 필요는 없다는 생각이 드는구나."

"그렇게 할게요."

그렇게 박건호는 8회에도 마운드에 올랐다. 그리고 6번 타자 진 세그라를 유격수 땅볼로 유도한 뒤 7번 타자 아담 리드와 8번 타자 마이클 주니노를 삼진으로 잡아내고 이닝을 마쳤다.

8회까지 투구 수는 고작 72구.

단 2개의 안타를 내주는 동안 무려 14개의 탈삼진을 잡아냈다.

박건호의 호투 속에 다저스는 매리너스를 4 대 0으로 물리치고 1차전의 패배를 설욕했다.

경기 MVP는 당연히 박건호의 몫이었다.

콕스 TV를 비롯해 수많은 기자가 박건호를 취재하기 위해 클럽하우스 앞에 진을 칠 정도였다.

특히나 한국에서 온 기자들은 박건호의 승리에 상당히 고무되어 있었다.

"크하하, 진짜 이거 대박 아니냐?"

"그러게 말이야. 솔직히 박건호가 오타니 쇼헤를 잡을 줄 누가 알았겠어. 안 그래?"

"그러니까 대단한 거지. 솔직히 오타니 쇼헤가 누구야. 인정하고 싶진 않지만 아시아 투수 중에서는 최고잖아. 안 그래?"

"지난 프리미어 12하고 WBC 때 우리가 고생한 거 생각하면 지금도 욕부터 나온다고."

"그런데 생각지도 않았던 박건호한테 당해버렸으니 오타니 쇼헤도 자존심이 구겨졌을걸?"

"그럼 이번 참에 박건호를 좀 올려줘야 하는 거 아냐?"

"박건호를? 설마 국대 에이스로? 에이, 그건 좀 오버다."

"오버는 무슨. 오타니 쇼헤가 몇 살 때부터 일본 최고의 투수 소리를 들었는지 잊어버린 거야?"

"그래도 아직 국대 경력조차 없는데 무슨……."

"그러니까 우리라도 밀어줘야지. 메이저리그에서 오타니 쇼헤를 잡았는데 이대로 보고만 있을 건 아니지?"

기자들은 합심해서 박건호를 띄워주기로 마음을 굳혔다.

그때 박건호보다 마에다 케이타가 먼저 모습을 드러냈다.

"마에다!"

"잠깐 인터뷰 부탁해요!"

기자들은 앞다투어 마에다 케이타에게 달려들었다. 특히나 일본 기자들과 한국 기자들은 경쟁이라도 하듯 마에다 케이타에게 핸드폰을 내밀었다.

"마에다 선수! 오늘 경기를 간략하게 평가해 주신다면요?"

가장 먼저 마에다 케이타의 앞을 선점한 일본 기자가 질문을 던졌다.

순간 한국 기자들의 얼굴에 아쉬움이 번졌다. 같은 질문이더라도 누가 하느냐에 따라 대답이 달라질 수밖에 없었기 때문이다.

만약 미국 기자나 한국 기자가 같은 질문을 했다면 마에다 케이타는 다저스의 동료인 박건호를 먼저 챙겼을 것이다.

그러나 일본 기자들이 질문을 선점한 이상 마에다 케이타의 대답은 뻔할 수밖에 없었다.

아니나 다를까.

"첫 번째 원정 경기를 인터 리그 경기로 치르다 보니 오타니 쇼헤의 컨디션이 좋지 않았던 것 같습니다. 반면 건은 컨디션이 상당히 좋아 보였습니다. 그 차이가 경기 결과를 바꿔 놓았다고 생각합니다."

마에다 케이타는 매리너스 선수라도 되는 것처럼 대표 팀 후배인 오타니 쇼헤부터 챙겼다.

"그 말은 오타니 쇼헤의 컨디션이 좋았다면 오늘 경기 결과가 달라졌을지도 모른다는 이야기인가요?"

"오타니 쇼헤는 2억 달러를 받는 선수입니다. 그리고 대다수 구단이 오타니 쇼헤를 영입하기 위해 노력했죠. 오타니 쇼헤의 실력은 의심할 여지가 없습니다. 다만 메이저리그에 적응하기 위해서는 다소 시간이 필요할 것 같습니다."

일본 기자들에 이어 한국 기자들이 질문을 내던지자 마에다 케이타는 곤란하다는 표정을 짓고는 서둘러 자리를 피해 버렸다.

그가 박건호보다 먼저 클럽하우스를 빠져나온 가장 큰 이유는 자신을 기다리고 있을 일본 기자들에게 그럴듯한 변명거리를 주기 위함이었다. 박건호의 승리로 한껏 들떠 있을 한국 기자들에게 시달릴 마음은 눈곱만큼도 없었다.

"젠장! 왜 우리 인터뷰는 안 받는 거야?"

"너 같으면 받아주겠어? 오타니 쇼헤가 작살이 났는데."

"마에다 케이타는 다저스 선수야, 매리너스 선수야?"

"일본 선수지. 그리고 일본 선수들은 서로 물고 빨고 잘하잖아."

한국 기자들이 보란 듯이 입술을 삐죽거렸다. 반면 일본 기자들은 만족스러운 얼굴로 자리를 벗어나려 했다.

그때였다.

"류현신이다!"

누군가의 외침에 기자들이 다시 우르르 몰려들었다.

"어……."

평소보다 세 배는 많아 보이는 기자의 모습에 류현신은 잠시 당황했다. 하지만 그것도 잠시. 낯익은 기자들의 얼굴을 확인하고는 안도하듯 웃어 보였다.

"류! 오늘 경기 봤어요?"

"물론이죠. 내일 경기에 대비하기 위해 눈 똥그랗게 뜨고 봤습니다."

"오늘 다저스가 승리한 가장 큰 이유는 뭐라고 생각해요?"

"그야 당연히 건이죠. 건호가 너무 잘 던졌습니다."

"류현신 선수! 저도 질문 하나만 할게요. 마에다 케이타 선수는 박건호 선수가 잘한 것보다 오타니 쇼헤 선수의 컨디션이 좋지 않아 보였다고 말했는데 그 점에 대해 어떻게 생각하나요? 동의합니까?"

"마에다가 그랬어요? 하하. 재미있는 친구네. 그런데 오타니 쇼헤는 컨디션이 안 좋을 때도 포심 패스트볼이 103mile/h(≒165.8㎞/h)이나 나오나요? 그거 메이저리그 데뷔 이후 최고 구속 아닌가?"

류현신의 능청스러운 한마디에 한국 기자들의 입가로 웃음이 번졌다.

반면 일본 기자들은 보란 듯이 미간을 찌푸렸다.

"팀 동료로서 마에다 케이타를 비난하는 겁니까?"

성격 급한 일본 기자 하나가 류현신에게 언성을 높였다. 그러나 산전수전 다 겪은 류현신은 당황하지 않았다.

"글쎄요. 난 팀 동료로서 오타니 쇼헤보다 건이 더 좋은 투구를 선보였다고 말하고 싶은 것뿐인데요. 그게 당연한 거 아닌가요?"

"지금 같은 한국인이라고 박건호의 편을 드는 거 아닙니까!"

"그게 어때서요? 마에다 케이타도 오타니 쇼헤의 체면을 위해 컨디션이 좋지 않은 것 같다고 말했다면서요? 마에다 케이타가 같은 일본인인 오타니 쇼헤 편드는 건 괜찮고 내가 같은 한국인인 건을 칭찬하는 건 안 됩니까? 8이닝을 던져 14개의 삼진을 잡아냈고 그러는 동안 단 한 점도 내주지 않고 다저스의 승리를 이끌어 준 고마운 동료인데도요?"

"크읔!"

섣불리 달려들었던 일본 기자가 얼굴이 벌게진 채로 뒤로 물러났다. 그러자 다른 일본 기자들이 손을 들며 류현신을 공격했다.

"오늘은 인터 리그 원정이었습니다. 오타니 쇼헤에게 불리한 게 당연한 거 아닌가요?”

“어째서요? 지명타자 제도가 없었다곤 하지만 지명타자를 못 쓴 건 다저스도 마찬가지입니다. 게다가 오타니 쇼헤는 타격에도 재능 있는 선수잖아요? 하지만 솔직히 말해서 건은 타격 실력이 형편없는데 어떻게 오타니 쇼헤에게 불리했다고 말할 수 있는 거죠?”

“어쨌든 원정이었잖습니까!”

“메이저리그 투수라면 원정의 불리함 정도는 언제든 감내해야 하는 거 아닐까요? 게다가 오타니 쇼헤는 매리너스의 미래를 책임질 에이스라면서요. 이상하네요. 다저스의 위대한 에이스 슬레이튼 커쇼는 홈, 원정 따지는 법이 없던데 말이죠.”

“크윽! 지금 오타니 쇼헤가 당신보다 낫다고 질투하는 겁니까?”

“물론 오타니 쇼헤의 재능은 충분히 부럽습니다. 하지만 질투라뇨. 하하. 저 그렇게 속 좁은 선수 아닙니다.”

“자신보다 나은 선수의 재능을 갖는 건 당연한 거 아닙니까? 지금 스스로 메이저리그 최고의 투수라고 말하는 겁니까?”

“확대해석 하지 말고요. 나는 나고 오타니 쇼헤는 오타니 쇼헤라는 겁니다. 그리고 지금껏 살아오면서 내가 질투했던 선수를 굳이 꼽으라면 아마 슬레이튼 커쇼일 겁니다. 그리고 오늘 경기 이후로는 건을 엄청 질투하게 될 거 같고요."

"그 말은 박건호가 오타니 쇼헤보다 낫다는 소리입니까!"

"적어도 메이저리그 성적만 놓고 보자면요? 게다가 건은 오타니 쇼헤보다 4살이나 어리죠. 그리고 오타니 쇼헤보다 5년이나 먼저 메이저리그에 데뷔해 12승과 신인왕을 수상했습니다. 메이저리그 무대에서 오타니 쇼헤가 건보다 낫다고 주장하려면 일단 기록으로 보여줘야겠죠. 그게 당연한 거 아니겠습니까?"

일본 기자들은 어떻게든 류현신을 흔들려고 달려들었다.

하지만 류현신은 여유만만이었다. 어쨌든 박건호가 오타니 쇼헤를 이겼다는 사실만큼은 변하지 않았기 때문이다.

"젠장! 저 자식이 지금 뭐라는 거야?"

"됐어. 집어치워. 같은 한국인이라고 편드는 거 역겨워서 못 들어주겠네."

"그러게 뭐 하러 저 녀석에게 물어보고 난리야? 지난 3년간 아무것도 한 게 없는 녀석인데."

"저 녀석, 원래부터 건방졌잖아. 일본을 극도로 싫어하고. 상대할 필요가 없었다고."

원하는 반응이 나오지 않자 일본 기자들은 면전에서 류현신을 깎아내렸다. 한때 한국 최고의 투수로 이름을 날렸다지만 지금은 한물간 투수에 불과하니 무시가 답이라며 목소리를 높였다.

하지만 그것도 잠시.

"건이요? 최고입니다. 건은 오늘 오타니 쇼헤를 이겼어요. 하하."

대놓고 박건호에게 엄지손가락을 들어 올린 슬레이튼 커쇼를 시작으로 코일 시거, 에이든 곤잘레스, 작 피터슨 등 다저스의 주축 선수가 한목소리로 박건호를 치켜세우자 일본 기자들은 슬그머니 자취를 감춰 버렸다.

다저스의 유니폼을 입은 선수 중 일본 선수가 더 있다면 좋았겠지만 애석하게도 마에다 케이타는 일찌감치 구장을 벗어나 버렸다.

그렇게 한참 달궈진 분위기가 살짝 주춤해질 때쯤.

"건이다!"

"건! 건이야!"

오늘의 주인공 박건호가 모습을 드러냈다.

"건! 소감이요! 소감을 말해줘요!"

금발의 미녀 여기자가 가장 먼저 박건호에게 달려들었다. 그러고는 박건호의 눈을 응시하며 그럴듯한 소감을 기다렸다.

그러나 박건호는 오늘 경기에 특별히 의미를 부여하고 싶지 않았다.

"오늘은 8회까지 던졌습니다. 다음 경기에서는 슬레이튼 커쇼처럼 완투를 할 수 있도록 노력하겠습니다."

박건호의 한마디에 다저스 출입 기자들은 활짝 웃었다.

반면 구석으로 밀려난 일본 기자들은 또다시 얼굴을 구겨야 했다.

그리고 삼십 분 뒤.

건, 내 라이벌은 오직 슬레이튼 커쇼뿐. 오타니 쇼헤는 신경 쓰지 않는다.

LA 지역 일간지의 자극적인 기사가 오타니 쇼헤의 승리를 기원했던 수많은 이를 머쓱하게 만들었다.

2

박건호의 호투 덕분일까.

"스트라이크, 아웃!"

3차전에 등판한 류현신은 6이닝 5피안타 1실점 호투를 펼치며 시즌 첫 승리를 따냈다.

박건호-류현신의 승리를 앞세워 다저스는 3연속 위닝 시리즈를 달성했다. 그리고 전년도 지구 챔피언 자이언츠를 2경기 차이로 따돌리는 데 성공했다.

9경기 성적 7승 2패.

승률 0.777

팬들은 확 달라진 다저스에 환호했다.

하지만 전문가들은 이제 시즌 초반일 뿐이라며 평가 자체를 유보했다.

"일단 4월 한 달은 지켜볼 필요가 있을 것 같습니다."

"다저스의 선발 로테이션이 안정적인 것처럼 보이지만 2년 차를 맞이하는 건과 올해 처음으로 선발 로테이션에 합류한 야디에르 알베스는 안정감이 떨어집니다. 오랜 부상에서 회복해 전성기의 기량을 되찾지 못하고 있는 류현신도 마찬가지고요."

"다행히 타선의 흐름은 좋습니다. 앤드 토레스부터 야스마니 그린까지는 활발한 공격력을 보여주고 있어요."

"2루수 엔리 에르난데스도 새로 로스터에 합류한 브라이언 케일과 치열하게 경쟁을 펼쳐야 하는 입장이니까요. 막막했던 하위 타선에서도 변화의 바람이 일 것으로 보입니다."

하루의 휴식일을 가진 뒤 다저스는 로키스를 홈으로 불러들여 3연전을 치렀다.

1차전 선발 투수는 애리조나 원정에서 부진했던 5선발 야디에르 알베스.

4월 안에 선발 로테이션에서 탈락할 가능성이 높다는 언론의 평가 때문인지 경기 초반에만 3개의 홈런을 허용하며 4실점을 하고 말았다.

하지만 이후 스윙이 커진 로키스 타자들을 상대로 특유의 빠른 공을 앞세워 6회까지 마운드를 지켜내며 첫 승을 챙겼다.

3연승을 거둔 다저스는 에이스 슬레이튼 커쇼를 앞세워 2차전까지 잡아냈다. 슬레이튼 커쇼는 7이닝 동안 단 3개의 안타만 허용한 채(1실점) 로키스의 다이너마이트 타선을 막아 내며 팀의 승리를 이끌었다.

4연승. 그리고 시즌 9승.

5연승과 내셔널 리그 첫 10승을 앞둔 다저스 팬들의 기대감은 높아졌다.

ㄴ내일 경기는 반드시 잡아야 해.

ㄴ맞아. 내일 경기가 끝나면 샌프란시스코 원정이라고. 건이 등판하긴 하지만 커쇼는 못 나와. 위닝 시리즈가 어려울 수도 있어.

ㄴ마에다 케이타라면 잘해주겠지. 난 마에다 케이타 믿는다고.

ㄴ매리너스와의 홈경기 때 안타를 너무 많이 얻어맞았어. 왠지 난타당할 분위기라고.

시즌 초반의 상승세를 이끌어야 한다는 부담을 안은 채 마에다 케이타가 3차전 마운드에 올랐다.

하지만 결과는 좋지 않았다.

6이닝 7피안타 3실점.

마에다 케이타는 거의 매 이닝 주자를 내보내며 힘겨운 투구를 이어나갔다.

게다가 타자들도 도와주지 않았다. 7회까지 침묵을 지키면서 마에다 케이타가 시즌 2패째를 떠안는 걸 지켜만 봤다.

"젠장. 왜 내가 등판할 때만 이러는 거야?"

득점 지원 부진으로 두 경기 연속 패전의 멍에를 쓰자 마에다 케이타도 불만을 감추지 못했다. 2선발로 기분 좋게 시작했다가 팀 최다 패전 투수가 되어버렸으니 기분이 좋을 리가 없었다.

LA 언론도 4연승의 기세가 꺾였다며 아쉬움을 감추지 못했다.

3차전 패배로 자이언츠와의 격차가 다시 2경기 차이로 좁혀진 상황에서 샌프란시스코 원정이 기다리고 있었다. 이번 3연전 경기 결과에 따라서 다저스의 지구 1위 수성도 어려워질지 몰랐다.

"건이 등판하는 1차전이 중요합니다."

"건과 류현신, 야디에르 알베스로 이어지는 일정입니다. 건이 해주지 못하면, 3연패를 당하게 될 가능성도 배제하기 어렵습니다."

전문가들은 이번 자이언츠 원정 3연전이 시즌 초반의 분수령이 될 가능성이 높다고 전망했다.

그러면서 박건호의 활약이 절대적으로 필요하다고 강조했다. 슬레이튼 커쇼의 등판이 불가능한 상황에서 믿을 수 있는 건 박건호뿐이라는 소리였다.

자이언츠 언론들도 박건호를 경계해야 한다고 목소리를 높였다. 다저스의 시즌 상승세가 박건호의 호투와 맞물린 경우가 많았기 때문이다.

그러나 자이언츠 브라이언 보치 감독은 자신만만했다.

"건이 신경 쓰이냐고요? 천만에요. 설사 커쇼가 세 경기를 다 나온다 해도 상관없어요. 우리는 2년 연속 지구 정상에 오를 준비가 되어 있습니다."

브라이언 보치 감독은 이번 3연전을 통해 지구 선두 자리를 되찾겠다고 공언했다.

다저스 모렐 허샤이저 감독도 다저스의 연속 위닝 시리즈 행진은 끝나지 않을 것이라고 맞섰다.

"자이언츠가 1위가 되려면 이번 3연전을 전부 쓸어 담아야 하는 거지?"

"반면 모렐 허샤이저 감독은 위닝 시리즈가 목표라고 했으니까."

"결국 오늘 경기가 결정적이겠군."

"맞아. 다저스도 가장 믿을 만한 카드인 건이 나오는 오늘 경기를 잡지 못하면 위닝 시리즈는 불가능할 테니까."

수많은 이의 시선이 자이언츠의 홈구장 에이티 파크로 향했다.

박건호와 맞설 상대는 제이크 사마자.

자이언츠의 3선발 자리를 꾸준히 지켜온 우완 투수였다.

제이크 사마자는 경기 초반 다저스 타자들을 유린했다. 최고 구속 97mile/h(≒156.1㎞/h)의 힘 있는 포심 패스트볼과 최고 96mile/h(≒154.5㎞/h)까지 찍힌 투심 패스트볼을 적절하게 사용하며 다저스 타자들을 힘으로 찍어 눌렀다.

3이닝 1피안타 무실점. 삼진 3개.

자이언츠 중계석에서 작년과 올해를 통틀어 최고의 피칭을 선보이고 있다는 찬사가 터져 나왔다.

하지만 애석하게도 자이언츠는 경기의 분위기를 가져가지 못했다.

-건! 아르헨 파건을 또다시 삼진으로 돌려세웁니다.

-오늘 경기 벌써 7개째 삼진인데요.

-건의 강력한 포심 패스트볼 앞에 자이언츠 타자들이 속수

무책으로 나가떨어집니다.

　박건호가 다저스 중계진을 한시도 자리에 앉아 있지 못하게 만들었기 때문이다.

　7이닝 2피안타 무실점. 삼진 13개.

　네 차례 풀카운트 승부를 벌이며 투구 수가 97구로 다소 많아지긴 했지만 오히려 전문가들은 긍정적으로 평가했다.

　"앞선 매리너스와의 경기는 어느 정도 운이 따랐다고 봐야 합니다. 건의 공을 매리너스 타자들이 확실히 낯설어 했으니까요."

　"매리너스 타자들에 비해서 자이언츠 타자들은 확실히 건의 스타일에 적응을 한 느낌이었습니다. 건과 오스틴 번 배터리도 지난 경기보다는 유인구의 비중을 확실히 높였고요. 하지만 경기 결과는 전혀 달라지지 않았죠."

　"7이닝 동안 자이언츠가 건에게 빼앗은 안타는 단 2개에 불과합니다. 사사구도 고작 1개를 얻어냈죠."

　"구심의 스트라이크존이 다소 들쭉날쭉했던 걸 감안하면 건에게 완벽하게 당했다고 봐야 할 것 같습니다."

　다저스 언론에서는 박건호에게 자이언츠 킬러라는 별명을 붙여주었다.

　지난 시즌 자이언츠를 상대로 그리 좋은 모습을 보여준 건 아니지만 최근 2경기만 놓고 보자면 킬러라 불러도 손색이 없다는 것이었다(작년 9월 22일 7이닝 무실점).

다저스 팬들도 지구 라이벌인 파드리스에 이어 천적 자이언츠를 상대로 어마어마한 호투를 펼친 박건호에게 애정을 쏟아냈다.

└역시 건이야!
└이게 바로 작년도 내셔널 리그 신인상 수상자의 실력이지.
└다저스에서 믿을 건 건과 커쇼뿐이라고!
└크흑! 이쁜 녀석! 정말 만나면 입술에 뽀뽀를 해버릴 거야!
└닥쳐! 건의 입술은 내 거라고!
└뭐래는 거야, 이 변태들! 야구장 가서 추잡한 짓 벌일 생각 마! 그리고 건은 예전부터 내 거였다고!
└시끄러워, 이 자식들아! 건은 건으로 놔둬! 너희들 때문에 건이 다른 팀에 가버리면 정말 가만있지 않을 거야!

박건호의 호투에 자극을 받은 건 언론과 팬들만이 아니었다.
"건호 이 자식, 형 부담 돼서 죽는 꼴 보고 싶냐?"
박건호에게 못난 모습을 보여줘서는 안 된다는 일념으로 류현신은 2차전을 승리로 이끌었다.
6.1이닝 5피안타 2실점.

구속은 여전했지만 특유의 노련함을 살려 첫 승에 목마른 자이언츠 타자들을 범타로 유도해 냈다.

"더 이상 뒤처질 순 없어!"

3차전 마운드에 오른 야디에르 알베스도 눈부신 호투를 펼쳤다.

6이닝 3피안타 무실점. 탈삼진 10개.

"확실히 선발 체질이군그래."

야디에르 알베스의 성공 가능성을 반신반의하던 알렉스 인터폴리스 부사장조차 감탄을 토해낼 정도였다.

하지만 애석하게도 다저스는 시리즈 스윕에 실패했다. 야디에르 알베스에 이어 마운드에 오른 불펜 투수들이 무려 4점을 헌납하며 경기를 내주고 만 것이다.

그러나 다저스 팬들은 충분히 만족스러워했다. 실로 오랜만에 자이언츠 원정 시리즈를 잡아냈다. 그것도 에이스 슬레이튼 커쇼를 내세우지 않고 말이다.

ㄴ뭐야? 작년도 챔피언이라고 해서 긴장했는데 별거 아니잖아?

ㄴ마지막 경기는 서비스였어. 손님이 세 경기를 전부 챙겨 가는 건 좀 그렇잖아.

ㄴ다저스에 투수라고는 슬레이튼 커쇼뿐이라고 떠들던 자

이언츠 놈들 어디 갔냐?

　└아직 시즌 초반이긴 하지만 좋아. 이제부터는 충분히 해 볼 만하다고.

다저스 팬들은 이 기세를 몰아 파드리스 원정도 싹쓸이해 주길 바랐다.

파드리스전 선발 순서는 슬레이튼 커쇼와 마에다 케이타, 그리고 박건호. 다저스가 자랑하는 최고의 선발 투수들이었다.

LA 언론도 이번 기회에 다저스가 자이언츠를 멀찌감치 따돌리길 기대했다. 다저스도 4차전과 5차전을 잡아내며 언론과 팬들의 기대에 부응하는 모습을 보여주었다.

하지만 박건호가 선발 등판한 6차전에서 말썽이 생겼다.

박건호가 7회까지 1실점으로 막아낸 마운드를 이어받은 불펜이 또다시 불을 지르고 만 것이다.

"건을 너무 일찍 내린 게 문제였습니다."

"7회까지 투구 수가 85구밖에 되지 않았는데요."

"최근 다저스 투수들 중 건이 파드리스를 상대로 가장 강한 모습을 보여주고 있었으니까요. 결과적으로 아쉬움이 클 수밖에 없을 것 같습니다."

전문가들은 한목소리로 투수 운용에 문제가 있었다고 지적했다. 중심 타선도 아니고 8번 타자부터 시작하는 8회를 굳이 불안한 불펜진에게 맡길 필요는 없었다는 주장이었다.

그러나 모렐 허샤이저 감독은 박건호의 활용법을 분명하게 했다.

"건은 이제 2년 차 투수입니다. 그리고 올해가 첫 풀타임 선발 시즌입니다. 난 건이 시즌 막판까지 무사히 완주할 수 있기를 바랍니다."

박건호도 모렐 허샤이저 감독의 투수 운영 방침에 불만을 갖지 않았다.

"아직 스물아홉 남았으니까."

메이저리그는 한 시즌에 162경기를 치른다. 3선발로 대략 33경기를 책임져야 했다.

게다가 이번 시즌만 공을 던지는 것도 아니었다.

내년. 내후년. 마음먹은 대로 20년을 던지려면 지금보다 더 성장하고 더 단단해질 필요가 있었다.

"그래도 역시 포심 패스트볼이 살아나니까 투구가 편해지긴 했어."

박건호가 씩 웃었다. 본래 크로스 스텝으로 던지던 시절 박건호는 98mile/h(≒157.7㎞/h) 수준의 구속을 유지했다.

그러던 게 모렐 허샤이저 감독의 조언으로 스퀘어 스텝으로 투구 폼을 조정하면서 구속이 3mile/h 정도 떨어졌다.

시즌 후반에 투구 폼에 익숙해지면서 다시 구속이 조금 오르긴 했지만 예전처럼 98mile/h전후의 공을 던지려면 그야말로 이를 악물어야 했다.

그런데 겨우내 투구 밸런스를 잡으면서 포심 패스트볼이 확 달라졌다.

다른 걸 떠나 일단 던지는 데 무리하지 않아도 되었다.

무리 없이 던지다 보니 릴리스 포인트를 최대한 앞쪽으로 끌어낼 수 있게 되었다.

그 과정에서 구속과 무브먼트가 눈에 띄게 좋아졌다.

"이러다 105mile/h($\fallingdotseq$169.0km/h)을 찍는 거 아냐?"

매리너스전에 이어 자이언츠전과 파드리스전까지 박건호는 매 경기 103mile/h($\fallingdotseq$165.8km/h)의 구속을 전광판에 찍었다.

특히나 파드리스전에는 103mile/h을 세 차례나 던졌다. 그렇다 보니 조금 더 빠른 공을 던지고 싶다는 욕심이 생겼다.

현재 메이저리그 최고 구속은 아롤디르 채프먼이 기록한 106mile/h($\fallingdotseq$170.6km/h)이다. 같은 좌완 투수로서 꼭 한번 따라잡고 싶은 기록이었다.

하지만 아롤디르 채프먼을 능가하려면 107mile/h($\fallingdotseq$172.2km/h)을 던져야 한다. 투구 밸런스가 잡히면서 구속이 빨라졌다고 해도 갑자기 6km/h 이상 빠른 공을 던지는 건 무리였다.

그래서 박건호가 잡은 목표가 105mile/h.

오타니 쇼헤가 기록한 아시아 최고 구속이었다.

지난 매리너스전 맞대결에서 오타니 쇼헤에게 완승을 거두긴 했지만 박건호는 아직 배가 고팠다. 가능하다면 모든 면에서 오타니 쇼헤를 이기고 싶었다.

구속은 물론이고 커리어, 그리고 몸값까지.

오타니 쇼헤를 아시아 최고의 자리에서 끌어내리는 게 1차적인 목표였다.

"오스틴하고 이야기를 좀 해봐야겠어."

박건호가 자리에서 일어났다.

다음 경기인 다이아몬드 백스전에 완벽하게 대비하기 위해선 오스틴 번의 도움이 필요했다.

그때였다.

지이잉. 지이잉.

테이블 위에 올려놓았던 핸드폰이 요란스럽게 울기 시작했다.

"승혁이 자식이 웬일이지?"

발신자를 확인한 박건호가 고개를 갸웃거렸다. 그러다 뭔가를 떠올리고는 냉큼 핸드폰을 움켜잡았다.

승격.

한창 훈련 중일 안승혁이 이 시간에 전화할 목적은 그것뿐이었다.

"올라왔냐?"

통화 버튼을 누르기가 무섭게 박건호가 곧바로 입을 열었다.

하지만 안승혁이 전하고자 하는 소식은 메이저리그 승격이 아니었다.

─야, 나 잘하면 너하고 한솥밥 먹게 생겼다.

"뭔 소리야? 혹시 너 다저스 오냐?"

─그럼 네가 에인젤스 올래?

"헐……. 뭐야, 널 갑자기 왜 데려오는 건데?"

─뭐야? 내가 다저스 가는 게 싫어?

"지금 그런 이야기가 아니잖아."

박건호가 무겁게 한숨을 내쉬었다. 안승혁과의 재회는 반가웠지만 그 저의가 의심스러웠기 때문이다.

시범 경기에서 맹타를 휘두른 안승혁은 에인젤스에서도 예의 주시하는 유망주였다. LA 언론은 안승혁이 늦어도 로스터 확대 이전에 에인젤스의 부름을 받을 것이라고 전망하고 있었다.

그런데 갑작스럽게 다저스로 트레이드라니. 만만찮은 다저스의 외야 자원들을 감안했을 때 안승혁이 오더라도 쉽지가 않을 것 같았다.

─왜? 내 자리 없을까 봐 그래?

"하아……. 솔직히 다저스 외야도 에인젤스만큼 빡세다고.

너도 알잖아."

─만약에 앤드 토레스가 빠지면?

"앤드 토레스를 이적시키면 리드오프 자리가 비어. 네가 그 덩치에 1번 타자 할 것도 아니고, 구단에서도 마이클 리드를 밀어주는 분위기야."

─아, 그 녀석은 나도 알아. 엄청 잘 치고 엄청 잘 뛰더라. 그래서 나도 걔는 라이벌이라고 생각 안 해.

"그럼 작 피터슨을 밀어내겠다고? 아무리 내 친구라지만 그건 좀 과한 욕심 같은데?"

─그게 가능하겠냐? 내가 3년 정도 30개씩 넘긴다면 모르겠지만.

"그래서 걱정이라고. 너 데려다가 마이너리그에서 몇 년 더 썩힐까 봐."

─짜식. 걱정은 고맙다만 그 정도까지 비관적인 건 아냐.

"비관적이지 않다니? 설마 대형 트레이드냐?"

팀의 3선발이자 미래의 에이스로서 박건호도 다저스 구단이 추진하고 있는 트레이드에 대해 들은 바가 있었다.

즉시 전력감인 앤드 토레스를 내주는 대신에 수준급 불펜 투수와 장타력을 갖춘 백업 외야수를 확보하기 위해 각 구단과 카드를 조율 중이라고 했다.

그 구상대로라면 에인젤스에서 안승혁과 쓸 만한 불펜 투수를 받아와야 했다.

하지만 만약에 다저스가 에인젤스와 큰 그림을 그리고 있다면?

경우에 따라서 안승혁에도 기회가 찾아올지 몰랐다.

"누군데? 앤드 토레스 말고 누가 가는데?"

―아직 확실한 건 몰라. 그런데 나하고 친한 기자가 그러는데 야르엘 푸이그도 넘어올지 모른데.

"푸이그? 그게 정말이야?"

생각지도 못한 이름이 등장하자 박건호의 목소리가 높아졌다.

앤드 토레스가 빠진 다저스의 외야는 마이클 리드가 들어간다고 봐야 했다. 그리고 기존 외야수들의 백업인 네 번째 옵션으로 지금까지처럼 야르엘 푸이그가 중용될 터였다.

하지만 정말로 야르엘 푸이그마저 에인젤스로 이적한다면 안승혁이 네 번째 옵션이 될 가능성이 높았다.

네 번째 옵션이라 해도 무조건 백업만 하는 건 아니었다.

주전 선수들의 컨디션에 따라 얼마든지 선발 출장이 가능했다. 그때 제대로 된 모습을 보여줄 수만 있다면 코너 외야수 자리를 꿰차게 될 수도 있었다.

"그렇다면…… 할 만할 거 같은데?"

―그렇지? 너도 그렇게 생각하지?

"에이든 곤잘레스도 은퇴가 멀지 않았으니까. 그렇게 되면 작 피터슨이 1루로 갈 거고."

―뭐야? 설마 그렇게 오래 걸릴 거라고 생각하는 거야?

"널 못 믿는 게 아니라 원래 이럴 땐 최악의 경우까지 계산을 하는 거야."

―참 나. 그리고 에이든 곤잘레스 은퇴하면 그 자리는 내가 차지할 생각인데?

"헐, 작 피터슨을 이길 자신 있다 이거지?"

―야, 나한테 기회만 줘봐라. 30개가 아니라 40개, 50개도 넘겨 버릴 테니까.

"하긴, 네가 무식하게 힘은 세지."

―그럼, 인마. 힘으로 보나 체격으로 보나 내가 4번감 아니겠냐. 하하하하.

안승혁이 기분 좋게 웃었다. 트레이드 당사자다 보니 냉정하게 손익을 따지기 힘들었는데 해볼 만하다는 박건호의 결론에 다시 자신감이 차올랐다.

"그래도 너무 방심하지 말고. 트레이드 끝날 때까지 부지런히 몸 만들어 놔."

―그런 잔소리는 안 해도 된다.

"너한테 언제쯤 기회를 줄지는 모르겠지만 내가 너 빨리 올라오도록 힘 좀 써볼게."

−얼씨구? 이제 2년 차 투수가 그런 힘도 있냐?

"내가 3선발로 꾸준히 잘 던져 줘야 구단도 선수들을 테스트할 여력이 있지. 내가 중간에서 헤매봐라. 작년 꼴 나면 구단이 신인 선수한테 기회 주려고 하겠냐?"

−나는 믿을 거야. 우리 건호 6월 안에 10승 찍을 거라고 굳게 믿을 거야.

"야, 6월 안에 10승이면 20승 페이스야."

−괜찮아. 우리 건호는 할 수 있어!

"짜식. 마음에 드는데?"

박건호도 따라 웃었다.

안승혁의 바람대로 6월 안에 10승을 채우려면 4월과 5월에 승리를 쓸어 담아야 했지만 생각만큼 부담스럽지는 않았다.

"그래, 이 형이 너의 빠른 승격을 위해서라도 힘 좀 써주마."

−오~ 이러다 너 에이스 되는 거 아니냐?

"에이스는 좀 이르고. 2선발까진 뭐 해볼 만하지 않겠냐?"

−크흐흐. 그래. 기왕 잘나가는 거 2선발 꿰차라. 알았지?

이때까지만 해도 2선발은 덕담에 가까웠다.

하지만 다저스가 홈에서 자이언츠에게 일격을 허용하면서 상황이 달라졌다.

첫 경기에 선발 등판한 류현신이 6이닝 1실점으로 승리 투수가 됐을 때만 해도 LA 언론은 다저스의 무난한 위닝 시리즈를 예상했다.

경험이 부족한 야디에르 알베스가 무너지더라도 에이스 슬레이튼 커쇼가 버티고 있으니 최소 2승 1패는 확보할 것이라고 내다봤다.

하지만 야디에르 알베스가 에디슨 범가너와의 맞대결에서 5이닝 5실점으로 무너진 데 이어 슬레이튼 커쇼마저 7이닝 3실점으로 부진(?)한 모습을 보이면서 다저스는 자이언츠에게 위닝 시리즈를 내주고 말았다.

그것으로도 모자라 마에다 케이타가 다이아몬드 백스에게 6이닝 동안 4점을 내주며 다저스를 시즌 첫 3연패의 늪에 빠뜨렸다.

다저스, 자이언츠와 2경기 차! 선두 수성 빨간 불!
연패 스토퍼, 건. 다저스를 위기에서 구할 것인가!

LA 언론들은 여차하면 연패에 휩쓸려 선두 자리까지 내줄지 모른다며 우려했다. 그러면서도 박건호가 지금까지처럼 좋은 투구로 연패의 사슬을 끊어주길 기대했다.

박건호도 승리에 대한 의지를 다졌다. 팀 사정뿐만 아니라 개인적으로도 다이아몬드 백스에게 갚아줄 게 남아 있었다.

박건호는 지난해 다이아몬드 백스를 상대로 3경기에 등판해 1승 1패, 평균 자책점은 무려 3.16으로, 박건호가 상대한 팀들 가운데 자이언츠(1승 1패, 평균 자책점 4.00) 다음으로 성적이 좋지 않았다.

그나마 자이언츠는 최근 두 경기를 통해 악연을 끊어내는 데 성공했다.

하지만 다이아몬드 백스는 아직 제대로 된 복수를 해내지 못했다.

"이번 기회에 확실히 정산하자고."

박건호는 경기 초반부터 다이아몬드 백스를 몰아붙였다. 최고 구속 103mile/h(≒165.8㎞/h)의 포심 패스트볼을 앞세워 다이아몬드 백스 타자들의 방망이를 헛돌게 만들었다.

"저 애송이를 상대로 언제까지 끌려 다니기만 할 거야!"

보다 못한 칩 헤인 감독이 악을 내질렀지만 다이아몬드 백스 타자들은 4회까지 박건호의 공격적인 피칭에 퍼펙트의 수모를 겪어야 했다.

다행히 5회 초 선두 타자로 나선 4번 타자 필 골드슈미트가 박건호를 상대로 홈런을 때려내며 0의 행진은 깨졌지만 거기까지였다.

8이닝 3피안타 1실점, 탈삼진 14개.

내셔널 리그 서부 지구 최강의 화력을 갖춘 다이아몬드 백스를 단 3안타로 돌려세우며 박건호는 다저스의 3연패를 끊

음과 동시에 시즌 4승째를 챙겼다.

위대한 건이 다저스를 구했다!
닥터 건! 8이닝 14K! 다이아몬드 백스 셧아웃!
4연패란 없다! 건, 다이아몬드 백스 잡고 승부 원점으로!

경기 직후 LA의 모든 언론은 박건호를 극찬했다. 일부 지역 언론은 박건호에게 대놓고 에이스란 표현을 쓰기까지 했다.

팬들도 박건호를 더 이상 미래의 에이스라 부르지 않았다.

ㄴ이 정도면 정말 진지하게 고민해 봐야 할 것 같아. 커쇼하고 건 중에 누가 에이스인지 말이야.

ㄴ솔직히 커리어만 놓고 보자면 커쇼를 대체할 에이스는 없을 거야. 하지만 건이라면…… 언젠가 가능하지 않을까?

ㄴ난 누가 뭐래도 커쇼를 사랑하고 커쇼를 세계 최고의 투수라고 생각하지만 건하고 커쇼, 둘 중 한 명을 고르라면 고민될 거 같아.

ㄴ뭘 어렵게 생각해? 커쇼도 에이스고 건도 에이스야. 맥그레인키가 있었을 때처럼 우리는 리그 최강의 좌완 에이스 듀오를 갖게 된 거라고!

슬레이튼 커쇼는 다저스 역사상 가장 위대한 투수 중 한 명으로 기록될 선수였다.

사이영 상만 세 차례를 수상했으며 거의 매해 사이영 상급 활약을 펼치고 있었다.

반면 박건호는 아직 한창 성장 중인 기대주였다.

객관적으로 봤을 때 박건호가 슬레이튼 커쇼와 어깨를 나란히 하기에는 한참 이른 시점이었다.

그러나 상당수 다저스 팬은 박건호를 슬레이튼 커쇼와 함께 에이스 듀오로 부르는 걸 주저하지 않았다.

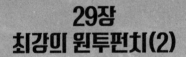

29장
최강의 원투펀치(2)

에이스 슬레이튼 커쇼도 기꺼운 마음으로 박건호의 호투를 반겼다.

"난 언제나 건과 같은 파트너를 기다려 왔습니다. 젊고 건강하고 강한 투수. 그리고 언젠가 내 자리를 빼앗아 갈 대단한 재능을 갖춘 투수. 그래서 난 건이 좋습니다. 건이라면 언제든 에이스의 자리를 내줄 생각이 있습니다. 물론 쉽게 빼앗기진 않겠지만요."

박건호의 호투에 자극을 받은 슬레이튼 커쇼는 브루어스와의 2차전에 선발 출격해 9이닝 1실점 완투승을 거두며 팀의 4연승을 이끌었다.

덕분에 다저스는 4월에 18승 7패(승률 0.720)를 거두며 자이언츠를 4경기 차이로 밀어내고 내셔널 리그 서부 지구 1위를 지켜냈다.

4월 일정이 끝나자 다저스 팬들은 누가 4월의 MVP가 될 것인가를 두고 갑론을박을 벌였다.

┗슬레이튼 커쇼는 6경기에 선발 등판해 4승 1패, 평균 자책점은 1.57이야. 총 46이닝을 던졌고 삼진을 54개 잡아냈어. 그리고 두 차례 완투를 했지. 건은 5경기 등판해 4승, 평균 자책점은 무려 0.49라고! 게다가 삼진을 68개나 잡아냈어. 이닝당 탈삼진 개수가 무려 1.84개라고. 이건 거의 사기 수준이야!

┗다들 건의 화려한 기록만 보고 있는데 이닝을 보라고. 커쇼는 건보다 9이닝을 더 던졌어. 물론 한 경기 더 등판하긴 했지만 두 차례 완투로 불펜들을 쉬게 만들어줬다고.

┗슬레이튼 커쇼는 슬레이튼 커쇼답게 잘했어. 아마 슬레이튼 커쇼는 4월에도 5월에도 6월에도 특별한 이유가 없는 한 계속 꾸준하겠지. 그리고 건은…… 엄청나게 잘했어. 마치 한 편의 영화를 보는 듯한 기분마저 든다고.

┗나도 같은 생각이야. 아마 슬레이튼 커쇼라면 올해 안에 한 번 정도는 월간 MVP를 타겠지. 하지만 건은 아냐. 아직 2년 차 투수라고. 그러니까 이번에는 건이 받는 게 맞는 거 같아.

각 구단마다 쟁쟁한 후보들이 이름을 올렸지만 내셔널 리그 4월 MVP는 슬레이튼 커쇼와 박건호의 2파전 양상으로 흘러갔다. 다른 후보들조차 슬레이튼 커쇼나 박건호의 이름을 들먹이며 수상을 양보할 정도였다.

　5월의 첫 날에 펼쳐진 밀워키 원정 3차전에서 2선발 마에다 케이타가 6이닝 4실점으로 부진한 모습을 이어가자 전문가들과 팬들은 4차전에 주목했다.

　언론들도 박건호가 5월의 첫 경기에서도 4월 같은 투구를 이어간다면 다저스의 선발 로테이션에 변화를 줘야 할 필요가 있다며 운을 뗐다.

　"건, 긴장하지 마. 오늘 경기 결과는 4월 MVP와 전혀 상관 없으니까."

　"나도 알아. 그래도 브루어스를 상대로 반타작만 하고 돌아갈 수는 없잖아. 안 그래?"

　"브루어스를 만만하게 보지 마. 그래도 홈런은 제법 때려내는 팀이라고."

　"까짓것 칠 테면 쳐 보라지."

　박건호는 기세등등하게 마운드에 올랐다. 그리고 7이닝 동안 4피안타 2실점하며 다저스의 위닝 시리즈를 완성시켰다.

　포심 패스트볼을 뒷받침해 줄 커브와 체인지업의 무브먼트가 좋지 않으면서 3연속 안타를 허용했고 그 과정에서 두 점을 내주긴 했지만 전반적인 투구 내용은 나쁘지 않았다.

전광판에 찍힌 최고 구속도 103mile/h(≒165.8㎞/h)을 유지했으며 6경기 연속 두 자릿수 탈삼진 행진도 이어갔다(10개).

경기가 끝난 후 언론을 통해 4월의 내셔널 리그 MVP가 발표됐다.

수상자는 박건호.

"다음 달에도 MVP를 탈 수 있도록 노력하겠습니다."

박건호는 짧게 소감을 밝혔다. 사이영 상도 아니고 리그 MVP도 아닌데 거창하게 떠들 필요는 없다고 여겼다.

예전 같았다면 건방지다고 비난했을 팬들도 오히려 박건호를 응원했다.

└역시 건. 목표는 월간 MVP 따위가 아니라는 거지?

└그럼. 지금 추세로만 간다면 슬레이튼 커쇼하고 사이영 상을 두고 다투게 생겼는데 월간 MVP가 대수겠어?

└난 다음 달에도 MVP를 타도록 노력하겠다는 말이 마음에 들어. 그 이야기는 다음 달에도 최선을 다하겠다는 소리 잖아?

└그뿐만이 아니지. 다음 달도, 그다음 달도 계속 노력하다 보면 뭐가 나올까?

└우승!

ㄴ월드시리즈!

ㄴ사이영 상!

ㄴ리그 MVP!

ㄴ에이스!

ㄴ어쨌든 나는 건이 루키스럽지 않아서 좋아. 건은 더 이상 루키가 아니라고. 다저스의 미래를 책임져야 하는 투수잖아. 그러니까 지금처럼 말을 아끼고 진중할 필요가 있다고 생각해.

몇몇 팬은 벌써부터 박건호의 계약 문제를 걱정했다.

ㄴ그런데 다저스는 왜 이렇게 조용하지? 건하고 장기 계약을 해야 하는 거 아냐?

ㄴ2년 차 투수에게 장기 계약이라니? 지금 제정신으로 하는 말이야?

ㄴ너야말로 무슨 헛소리를 하는 거야? 2년 차 투수면 어떻고 3년 차 투수면 어떤데? 지금 건이 보여주고 있는 활약을 생각해 보라고. 아마 양키즈나 레드삭스였다면 장기 계약을 준비한다고 진즉에 언론에 떠들어 댔을걸?

ㄴ맞아. 나도 어린 선수들은 언제 탈이 날지 모른다고 생각하지만 건은 예외라고. 지난번에 전문가들이 나와서 건의 투

구 폼에 대해 설명하는 거 들었어? 특별한 디셉션은 없지만 투구 폼이 워낙 부드럽기 때문에 부상을 당할 가능성이 매우 낮다잖아.

ㄴ그래도 벌써부터 장기 계약은 무리지. 내년까진 최저 연봉을 줄 수 있잖아!

ㄴ이 멍청아, 내년에 건에게 최저 연봉을 주자는 게 정상적인 생각이냐? 그깟 돈 아껴서 뭐 할 건데? 그러다 건이 서비스 타임을 채우고 자이언츠로 가버리면 네가 책임질 거야?

ㄴ맞아. 어차피 이대로 가면 건은 내년에 슈퍼 2 대상자가 될 가능성이 높아. 슈퍼 2 대상자가 되어서 매년 연봉 조정을 하느니 차라리 일찌감치 대우를 해주는 편이 나을 수도 있어.

ㄴ내가 알기로 건이 슈퍼 2 대상자가 되긴 힘들 거야. 올해 아시안 게임에 나가야 하거든.

ㄴ나도 그 이야기 들었는데 확실한 거야?

ㄴ말도 안 돼! 아시안 게임에 나가면 건을 후반기 때 못 보게 되잖아!

장기 계약 문제에서 출발한 논쟁은 아시안 게임 차출 문제를 지나 병역 문제로까지 이어졌다.

대다수 팬은 박건호가 병역 혜택을 포기하고 다저스에 남아야 한다는 입장을 보였다. 박건호가 병역 문제를 해결하기 위해 아시안 게임에 합류해야 한다고 생각하는 이는 극소수에 불과했다.

박건호 역시 지금은 아시안 게임을 언급할 때가 아니라고 여겼다.

"아직 전반기도 끝나지 않았어. 다저스가 좀 여유롭게 지구 선두를 유지한다면 모르겠지만 또다시 자이언츠와 피 말리는 경쟁을 해야 한다면…… 이번에는 포기해야겠지."

-그래도 병역 문제는 해결할 수 있을 때 해결하는 게 낫지 않을까?

"아시안 게임이 올해만 열리는 것도 아니잖아. 그리고 나 말고도 대표 팀에 실력 있는 선수들이 넘쳐 난다고."

-짜식. 너는 여유롭다 이거지?

"여유는 무슨. 굳이 이번뿐이라고 조급해하지 말자는 거지. 그러니까 너도 빨리 올라와. 나하고 같이 도쿄 올림픽에 나가자."

-도쿄 올림픽 타령하다가 다음 번 항저우 아시안 게임에 나가게 되는 거 아냐?

"재수 없는 소리 말고. 그런데 이놈의 트레이드는 언제쯤 발표가 나는 거야?"

-하아, 그건 내가 묻고 싶은 말이다. 너 좀 들은 거 없냐?

"없으니까 이러고 있지."

4월 중순부터 논의가 진행됐던 다저스와 에인젤스 간 트레이드는 아직까지 명확하게 드러난 게 없었다.

마이클 리드의 출전 기회가 늘어나긴 했지만 다저스의 리드오프는 여전히 앤드 토레스였다. 야르엘 푸이그도 타격 컨디션이 좋지 않은 조시 메딕을 대신해 선발 명단에 종종 이름을 올렸다.

상황이 이렇다 보니 소문만 무성했던 트레이드가 엎어지는 건 아니냐는 우려의 목소리도 적지 않은 상태였다.

팀의 3선발로서 박건호도 트레이드가 하루 빨리 이루어지길 바랐다.

친구인 안승혁이 얽혀 있어서만은 아니었다.

이번 트레이드를 통해 다저스가 불펜을 강화시킬 가능성이 높았기 때문이다.

4월 한 달간 불펜의 방화로 뒤집힌 경기만 세 번이었다. 그 세 경기를 모두 잡았다면 지금쯤 다저스는 자이언츠를 여유롭게 따돌리고 선두 독주 체제에 들어갔을지 몰랐다.

그래서 박건호는 이번 기회에 불펜진이 확실히 정리되길 기대했다. 홀리오 유레아스와 알렉스 우든같이 선발만 바라보는 선수들이 아니라 경기 후반을 확실하게 책임져 줄 제대로 된 불펜 투수를 데려오길 희망했다.

"어쨌든 아직 엎어진다는 이야기는 없으니까 조금만 기다려 보자."

–하아, 이거 기다리다 시즌 끝나는 거 아닌가 모르겠다.

"그러니까 너무 트레이드만 생각하지 말고 경기에 집중해. 지난번 경기 보니까 스윙이 무뎌졌더라."

–그래? 요즘 좀 살이 쪄서 그런가? 안 되겠다. 오늘부터 체중 조절 좀 해야겠어.

"체중 조절보다 방망이 무게를 줄여보는 게 어때?"

–그것도 한번 고려해 봐야겠다.

안승혁이 날카로운 스윙을 되찾기 위해 노력하는 동안 박건호도 주어진 일정을 소화하며 차근차근 승수를 쌓아 나갔다.

브루어스와의 4연전을 위닝 시리즈(3승 1패)로 마무리한 다저스는 콜로라도 원정에서 일격을 당했다.

경험 많은 류현신과 패기 넘치는 야디에르 알베스를 선발로 내세웠지만 둘 다 퀄리티스타트 달성에 실패한 것이다.

마지막 날 경기에서 슬레이튼 커쇼의 7이닝 무실점 호투를 앞세워 겨우 승리를 따냈지만 밀워키 원정에서의 상승세는 다소 꺾일 수밖에 없었다.

"이번 홈 7연전이 중요합니다."

"홈 7연전이 끝나면 또다시 샌프란시스코 원정입니다. 자이언츠를 상대로 여유로운 경기 운영을 펼치기 위해서라도 최대한 많은 경기를 잡아내야 합니다."

전문가들은 마린스-로키스로 이어지는 이번 홈 7연전의 결과에 따라 다저스의 선두 수성에 빨간 불이 들어올지도 모른다고 떠들어 댔다.

언론도 상대적으로 약체로 평가받는 팀들인 만큼 최소 5승 2패 이상의 성적을 거두어야 한다며 다저스를 압박했다.

부담스러운 분위기 속에서 마린스와의 첫 경기에 선발 등판한 마에다 케이타는 6이닝 3실점으로 제 몫을 다했다.

슬레이튼 커쇼와 박건호 사이에 끼어 순서만 2선발이라는 비아냥을 듣고 있지만 다저스의 확실한 우완 선발 투수로서 꾸준한 모습을 보여주었다.

뒤이어 등판한 박건호도 8이닝 2실점으로 팀의 3연승을 이끌었다. 7회와 8회, 경기 후반에 연속 안타를 허용하며 실점한 게 아쉽긴 했지만 시즌 최다인 103개의 공을 던지며 8이닝을 버틴 게 인상적인 경기였다.

마지막으로 마운드에 오른 류현신도 7이닝 3실점 호투를 펼치며 분위기를 이어갔다. 비록 3 대 3 상황에서 마운드를 내려가면서 승수를 챙기지는 못했지만 류현신의 노련한 투구 덕분에 다저스는 말린스를 스윕 하며 승률을 바짝 끌어 올렸다.

뒤이어 펼쳐진 로키스와의 4연전은 치열한 타격전으로 흘러갔다.

4차전에 선발 등판한 야디에르 알베스는 6이닝 동안 무려 10명의 주자를 출루시키며(7피안타 3사사구) 4실점했지만 타선의 도움으로 시즌 3승째를 챙겼다.

5차전에 출격한 슬레이튼 커쇼도 예외는 아니었다. 로키스 타자들에게 6이닝동안 7개의 안타를 내주며 고전했다(2실점, 승리).

6차전 선발로 마운드에 오른 마에다 케이타는 8피안타를 얻어맞고 4실점을 하며 5이닝 만에 마운드에서 내려갔다.

다행히 7회에 동점 적시타가 터져 나오며 마에다 케이타는 패전을 면했다. 하지만 경기는 12회 초 끝내기 홈런을 때려낸 로키스의 승리로 끝이 났다.

시리즈 스코어 2승 1패.

위닝 시리즈로 향하는 길목에서 또다시 박건호의 차례가 돌아왔다.

이날, 박건호는 모렐 허샤이저 감독에게 두 가지 임무를 부여받았다.

하나는 피로한 불펜들을 위해 최대한 오랜 이닝을 소화해 줄 것.

다른 하나는 연패를 끊고 팀을 승리로 이끌어줄 것.

공교롭게도 에이스급 투수들에게 주어지는 역할과 같았다.

앞선 세 경기에서 다저스 불펜진은 12.2이닝을 소화했다.

4차전에서 3이닝, 5차전에서 3이닝 그리고 어제 6차전에서 무려 6.2이닝(연장 12회).

그 결과 불펜은 완전히 방전된 상태였다.

오늘 경기에서 투입이 가능한 불펜 투수는 단 두 명뿐이었다.

한 명은 조 브랜튼을 대신해 8회를 책임지고 있는 좌완 투수 애드 리베라토레.

다른 한 명은 다저스의 수호신, 켈리 젠슨.

애드 리베라토레-켈리 젠슨 조합으로 경기를 마무리 지으려면 박건호가 최소 7이닝 이상을 소화해 주어야 했다.

그리고 경기를 리드한 상태로 바통을 넘겨줘야 했다.

"건, 어렵게 생각하지 마. 중요한 건 이기는 거야. 이길 수만 있다면 6회까지만 막아도 괜찮아."

모렐 허샤이저 감독에 이어 밥 그린 벤치 코치가 박건호를 다독였다. 어제 연장 접전의 패배로 팀 분위기가 가라앉은 상황에서 어떻게든 박건호의 어깨를 가볍게 만들어주려 했다.

오늘 경기가 끝나면 하루의 휴식일이 주어진다.

박건호가 한 이닝 먼저 마운드에서 물러나더라도 휴식일이 있는 만큼 불펜진도 어느 정도 체력을 보충할 수 있었다.

하지만 오늘 경기를 내준다면 이야기는 달랐다.

다저스의 다음 시리즈는 자이언츠 원정이다. 숙명의 라이벌 팀답게 자이언츠는 3~4경기 차이를 유지하며 다저스를 바짝 쫓고 있었다.

만약에 오늘 경기를 패배하면 2승 2패가 된다.

위닝 시리즈가 물 건너가는 건 물론이고 팀 분위기도 더욱 침체될 수밖에 없었다.

특히나 불펜진의 피로도가 문제였다.

승리라도 해서 기분 좋게 샌프란시스코로 날아간다면 모르겠지만 2연패 상황이라면 하루를 쉰다고 한들 피로가 풀릴 리 없었다.

게다가 류현신-야디에르 알베스-슬레이튼 커쇼로 이어지는 선발 로테이션도 문제였다.

류현신은 여전히 부상 부위에 대한 관리가 필요했다. 그래서 6이닝 이상은 투구를 하기가 어려웠다. 야디에르 알베스도 아직 안정감이 부족했다. 그렇다 보니 경기 후반에 불펜의 역할이 클 수밖에 없었다.

마지막 경기에 에이스 슬레이튼 커쇼가 등판한다고 하지만 앞선 두 경기를 전부 내준다면 수습할 길이 없었다.

"후우……."

박건호의 입에서도 기다란 한숨이 흘러나왔다. 평소보다 승리에 대한 부담감과 압박감이 어깨를 강하게 짓눌렀다.

그래서일까.

따악!

박건호는 1회부터 점수를 내주고 말았다.

유리한 볼카운트에서 서두르다가 선두 타자 찰리 브랙몬에게 행운의 안타를 내준 게 화근이었다.

찰리 브랙몬은 2번 타자 에이제이 르메휴 타석 때부터 계속해서 도루를 시도했다.

박건호가 몇 번이고 견제구를 날려봤지만 소용없었다.

경기 초반에 박건호의 기세에 눌리면 결코 이길 수 없다는 사실을 깨달은 듯 매 투구 시마다 2루를 향해 스타트를 끊었다.

편치 않은 상황에서도 박건호는 2번 타자 에이제이 르메휴는 중견수 플라이로 돌려세웠다.

그런데 3번 타자 노런 아레나도를 너무 안일하게 상대했다. 초구에 몸 쪽 포심을 붙여 넣어 스트라이크를 잡아내고 2구째 바깥쪽 커브로 파울을 이끌어 내자 곧바로 3구 삼진을 잡기 위해 승부수를 꺼내든 것이다.

하지만 바깥쪽으로 빠져나갔어야 할 포심 패스트볼이 살짝 가운데로 몰려 들어오면서 노런 아레나도에게 큼지막한 홈런을 얻어맞고 말았다.

"크아아아!"

작년부터 박건호에게 억눌려 있던 노런 아레나도가 환호를 내지르며 그라운드를 돌았다.

그 모습이 가뜩이나 홈런을 얻어맞아 심기가 불편한 박건호를 활활 불타오르게 만들었다.

"너, 이 자식. 오늘 죽었다고 복창해라."

이후 박건호는 더욱 더 공격적인 피칭으로 로키스 타자들을 집어삼켰다.

포심 패스트볼이 다소 높게 제구가 됐지만 신경 쓰지 않았다. 오히려 보란 듯이 타자들의 눈높이를 적극적으로 공략해 헛스윙을 이끌어 냈다.

노런 아레나도와의 승부에서도 어느 정도 손실을 만회했다.

두 번째 타석은 포수 파울플라이 아웃.

세 번째 타석은 3구 삼진.

벗어나나 싶었던 천적 관계가 다시 이어지자 노런 아레나도도 짜증을 감추지 못했다.

그러나 박건호는 이 정도로 만족하지 않았다.

"9회에도 나가겠습니다."

9회에도 마운드에 올라 노런 아레나도를 상대하겠다며 모렐 허샤이저 감독에게 고집을 부렸다.

"이만하면 됐어, 건. 대신 오늘의 그 감정을 잘 억눌렀다가 다음번에 로키스를 상대할 때 전부 터뜨리라고. 알았지?"

모렐 허샤이저 감독이 모처럼 웃어 보였다. 애제자의 성장도 흐뭇했지만 무엇보다 전광판의 점수가 모렐 허샤이저 감독을 든든하게 만들었다.

11 대 2.

박건호가 1회 2점을 내줄 때만 해도 불안하기만 했던 경기가 5회를 지나면서 완전하게 다저스 쪽으로 넘어왔다.

박건호의 호투에 자극을 받은 타자들이 하나둘 타격 페이스를 끌어 올리더니 7회와 8회에는 대거 7점을 뽑아내며 로키스의 추격 의지를 완전히 꺾어버렸다.

점수 차이가 큰 만큼 박건호에게 9회를 맡기는 것도 나쁜 선택은 아니었다.

하지만 모렐 허샤이저 감독은 박건호를 단계적으로 성장시키고 싶었다.

"올해 구단에서 정해 놓은 투구 이닝이 얼마인 줄 알지?"

"180이닝이요."

"이대로 가다간 8월 이후로 등판이 어려워질지도 몰라. 그걸 원하는 건 아니지?"

"무, 물론이죠."

"그래, 그러니까 무리하지 마. 전반기가 지나고 후반기에 들어서서도 흔들리지 않는 모습을 보여줘야 나도 널 믿고 기회를 줄 수 있을 테니까. 내 말 무슨 소리인지 알겠지?"

"네, 감독님."

"그래. 고생 많았다, 건."

모렐 허샤이저 감독이 웃으며 주먹을 내밀었다.

박건호도 씩 웃고는 제 주먹을 가져다 댔다.

그 모습이 기자들을 통해 기사에 실렸다.

위대한 스승. 그리고 위대한 재능을 지닌 제자.

이 사진은 2018년 다저스 팬들이 뽑은 전반기 최고의 장면으로 선정되었다.

3

8이닝 4피안타 1피홈런 2실점, 삼진 13개.

에이스 못지않은 호투를 펼친 박건호에게 언론과 전문가들은 칭찬을 아끼지 않았다.

"이쯤 되면 건이 2선발 역할을 해주고 있다고 봐도 무방할 것 같습니다."

"솔직히 성적만 놓고 보면 에이스죠. 슬레이튼 커쇼가 건의 성적이 의식된다고 말할 정도니까요."

"4월에는 완벽에 가까웠습니다. 5경기에서 3실점. 평균 자책점이 고작 0.49에 불과했으니까요. 반면 5월 3경기에서 6실점을 했습니다. 브루어스전에서부터 시작해 로키스전까지 세 경기 모두 2점씩을 내줬죠. 그런데도 저는 4월의 건보다 5월의 건이 더 마음에 듭니다. 건의 빠른 공에 다른 구단들이 초점을 맞춰서 나오고 있지만 조금도 주눅 들지 않고 있으니까요."

"내가 하고 싶었던 말이 바로 그겁니다. 5월의 건은 뭐라고 할까요. 에이스가 되기 직전의 모습을 보는 것 같습니다."

"거칠게 성장하는 영 건의 모습 말이죠?"

"그래요. 투수는 맞을수록 강해지는데 마치 그 연단을 자초하는 모습입니다."

"저는 어제 로키스의 월트 와이트 감독의 인터뷰가 인상적이었습니다."

"노런 아레나도와 건의 네 번째 타석이 성사됐다면 어떤 결과가 나올까란 질문이었죠?"

"네, 솔직히 질문을 한 기자는 당연히 노런 아레나도가 이길 거란 대답이 듣고 싶었을 겁니다."

"로키스 출입 기자였으니까요."

"하지만 월트 와이트 감독은 노런 아레나도를 힐끔 바라본 뒤 노코멘트 하겠다고 했죠."

"그게 무슨 의미였을까요?"

"하하. 뻔하잖아요. 두 번째 타석은 운 좋게 파울플라이가 된 겁니다. 건이 첫 타석에서 얻어맞은 홈런에 대한 분풀이를 하듯 100mile/h(≒160.9㎞/h)의 빠른 공을 쉴 새 없이 몸 쪽에 집어넣었으니까요. 만약 그 공이 방망이 끝에 걸리지 않았다면 분명 삼진을 당했을 겁니다."

"그리고 실제로 세 번째 타석에서는 3구 삼진을 먹었죠."

"마지막에 몸 쪽을 파고든 공은 고작 99mile/h(≒159.3㎞/h)에 불과했습니다. 그런데도 노런 아레나도는 방망이를 내돌리지 못했어요. 건에게 완전히 기가 눌려 버린 겁니다."

"이 상황에서 네 번째 대결이 벌어졌다면 어땠을까요?"

"내가 감독이면 노런 아레나도의 자존심을 지켜줬을 겁니다."

"교체로요?"

"11 대 2였잖아요. 그만 하면 후보 선수들에게 기회를 주는 게 맞습니다."

"어쩌면 월트 와이트 감독도 그 이야기를 하고 싶었는지 모르죠."

"어쨌든 건이 마지막 경기를 잡아주면서 다저스도 한숨 돌릴 수 있게 됐습니다."

"어제 9회에 애드 리베라토레와 켈리 젠슨이 전부 올라왔지만 개인적으로는 옳은 선택이라고 봅니다."

"켈리 젠슨은 이틀을 쉬었잖아요. 게다가 오늘 휴식일까지 끼어 있었으니 컨디션 점검 차원에서 마운드에 올라와야 했습니다."

"아, 나도 켈리 젠슨의 기용 방법에 대해서는 전적으로 공감합니다. 오히려 내가 놀란 건 애드 리베라토레였으니까요."

"나도 같은 생각을 했습니다. 큰 점수 차이로 이기고 있고 켈리 젠슨이 오래 쉬었으니 캘리 젠슨에게 기회를 줄 거라 여겼는데 셋업맨인 애드 리베라토레의 입장까지 신경 써줬으니까요."

"결과적으로는 윈윈이었다고 봅니다. 애드 리베라토레는 셋업맨으로서의 위상을 재확인했고 켈리 젠슨도 한 타자만 상대하며 워밍업을 마쳤고요."

"다시 원점으로 돌아가겠지만 이 훈훈한 그림을 만든 건 역시나 건이죠."

"그래요. 건. 다저스의 슈퍼맨! 정말 건이 없었다면 올 시즌 다저스가 어찌 됐을까요? 저는 상상이 되질 않네요."

쏟아지는 칭찬들을 뒤로한 채 박건호는 LA의 호텔에서 휴식을 취했다. 본래라면 샌프란시스코 원정에 동행해야겠지만 자이언츠와의 3연전에서 박건호가 등판할 일은 없었다.

샌프란시스코 원정이 끝나면 곧바로 파드레스와의 홈 3연전이 기다리고 있었다.

그래서 모렐 허샤이저 감독은 박건호에게 LA에 남아 컨디션을 조절하라며 휴식을 주었다.

"건, 할 일 없으면 나하고 영화나 볼래?"

박건호 덕분에 함께 쉬게 된 마에다 케이타가 멋쩍은 얼굴로 말했다. 지난번 오타니 쇼헤를 두둔한 이후로 박건호와 마에다 케이타의 관계는 조금 멀어진 상태였다.

하지만 박건호는 무리해서 마에다 케이타와 가까워질 생각이 없었다.

"아뇨, 괜찮아요. 호텔에서 푹 쉴래요."

"넌 미국에 가족도 없잖아."

"원래 아무도 없이 혼자 쉬는 게 최고죠. 그러니까 마에다도 이번 기회에 푹 쉬어요."

마에다 케이타가 아쉽다는 표정을 지었다.

하지만 박건호가 보고 싶은 표정은 그런 게 아니었다.

"두고 봐, 마에다. 네 입에서 아시아 최고의 투수는 박건호라는 말이 나오게 해줄 테니까."

박건호는 휴식을 이용해 오랜만에 가족들과 통화를 했다.

아버지와 어머니는 여전히 바빴다. 박건호가 계약금의 일부를 보태 은행 대출금을 청산해 줬지만 두 분은 아들이 힘들게 번 돈으로 편히 먹고살 생각 없다며 더욱 악착같이 일을 했다.

수능을 앞둔 박시은은 상당히 까칠했다.

-뭐?

"뭐라니, 인마. 오빠가 오랜만에 전화했는데."

-나 독서실이야. 용건만.

"헐……."

-왜? 전화할 사람이 나밖에 없어?

"야, 인마. 오빠를 뭐로 보고……."

-그러게 한국에 있을 때 착하게 좀 살지. 인간아.

"……."

-어쨌든 5분만이야. 하고 싶은 말 있음 해.

"너 인마, 오빠가 보내주는 용돈이 얼마인데……."

-그거 다 엄마가 뺏어서 관리하거든?

"크흠, 그럼 이 기회에 계좌 하나 태워주랴?"

-사랑하는 오라버니, 진지는 드셨는지요?

"에라이!"

용돈 앞에 무너지는 동생의 목소리를 들으며 박건호는 새삼 형제간의 따뜻한 우애를 느꼈다.

그리고 결국 자신을 위로해주는 건 제시카 타일러뿐이라는 뻔한 진실을 깨달았다.

제시카: 건! 지난 경기 잘 봤어요! 건은 정말 대단해요. 우리 아빠도 얼마 전에 건을 에인젤스에 데려오고 싶다고 말했다니까요?

박건호: 그 뼛속 깊이 에인젤스의 피가 흐르신다는 아버님이?

제시카: 네! 그러자 옆에 있던 할아버지가 뭐라고 하신 줄 아세요?

박건호: 그 뼛속 깊이 에인젤스의 피가 흐르시는 아버님을 만드신 할아버님은 뭐라고 하셨는데?

제시카: 놀라지 말아요. 할아버지가 글쎄 트라우스 빼고는 다 줘도 상관없어, 라고 하셨다고요!

박건호: 하하. 이거 가문의 영광인데?

제시카: 그런데 이번 트레이드에 대해서 뭐 들은 거 없어요?

박건호: 왜? 아버님이 궁금해하셔?

제시카: 정확하게는 할아버지가요. 에인젤스 코치하고 아는 사이거든요.

박건호: 아, 참 그랬지? 하지만 애석하게도 나는 에인젤스에 가지 못할 거 같아.

제시카: 나는 상관없어요. 난 건을 만난 순간부터 다저스의

팬이니까요.

　박건호는 휴식 시간 대부분을 제시카 타일러와 보냈다.

　비록 지금은 온라인상에서 대화를 나누는 것뿐이었지만 이번 시즌이 끝나면 마음 편히 제시카 타일러를 만날 수 있었다.

　제시카 타일러가 고등학교를 졸업하기 때문이었다.

　고맙게도 제시카 타일러는 졸업 후 LA 인근의 학교에 진학할 생각이라고 했다. 그리고 박건호를 위해 스포츠 의학을 전공하고 싶다는 속마음도 전했다.

　박건호는 자신을 진심으로 좋아해 주고 응원해 주는 제시카 타일러가 고마웠다. 그래서 요즘은 아예 일찌감치 결혼을 해 버릴까 하는 욕심도 들었다.

　"그러기 위해서라도 메이저리그에서 확실히 자리를 잡아야 해."

　박건호는 이제 겨우 메이저리그 데뷔 2년 차였다. 다저스의 선발 로테이션에 합류했다곤 하지만 그것만으로 성공했다고 단언하긴 어려웠다.

　메이저리그에서 성공의 조건은 역시나 좋은 계약이었다.

　자신의 실력에 걸맞은 높은 연봉을 받는 것.

　그것이 프로 스포츠 세계의 진리였다.

그런 점에서 박건호는 아직도 걸음마를 떼는 중이었다.

올해 다저스로부터 제안 받은 연봉은 고작 60만 달러.

10승을 한 투수가 1천만 달러가 넘는 연봉을 보장받는 걸 감안했을 때 터무니없이 적은 금액이었다.

그마저도 비싼 세금을 내고 나면 남는 게 없었다. 좋은 집을 구해 가족들과 오순도순 살려면 적어도 지금보다 열 배 이상의 연봉을 받아야 했다.

그런 점에서 박건호는 야디에르 알베스가 부러웠다.

다저스에게 받은 계약금만 2,500만 달러였다. 게다가 정확하게 공개되진 않았지만 별도로 상당 수준의 연봉을 받는다고 했다.

야디에르 알베스는 5선발 자리에서 위태롭게 줄타기를 하고 있었다.

언론은 이런 식으로 가다간 올해를 넘기기 어려울 것이라고 말했다.

그러나 야디에르 알베스는 금전적으로는 부족할 게 없었다.

반면 박건호는 제2의 슬레이튼 커쇼라는 극찬을 들으면서도 주머니 사정이 넉넉지 않았다.

"후우……. 일단 올해 잘하고 보자."

박건호는 애써 찜찜한 마음을 털어냈다.

그리고 곧장 다음 경기 준비에 들어갔다.

박건호가 LA에 머무는 동안 다저스는 자이언츠와 3연전에 돌입했다.

모렐 허샤이저 감독은 2승 1패를 목표로 싸우겠다고 말했다. 홈 7연전에서 6승 1패를 거두며 자이언츠와의 격차를 5경기까지 벌여 놓은 만큼 무리하지 않겠다는 이야기였다.

LA 언론도 위닝 시리즈만 거두어도 충분하다며 모렐 허샤이저 감독에게 힘을 실어주었다.

하지만 애석하게도 결과는 반대로 나왔다.

7차전 7 대 4 패배.

8차전 8 대 3 패배.

9차전 3 대 2 승리.

7차전에 선발 등판한 류현신은 5이닝 4실점으로 부진한 모습을 보여주었다. 제구는 나쁘지 않았지만 갑작스럽게 구속과 구위가 떨어지면서 자이언츠 타자들의 방망이를 이겨내지 못했다.

8차전에 나선 야디에르 알베스 역시 특유의 제구력 난조에 시달렸다.

최고 구속은 101mile/h(≒162.5㎞/h)까지 나왔지만 스트라이크존에 들어가는 공이 전체의 20퍼센트밖에 되지 않았다.

그 결과 4이닝 6실점이라는 최악의 성적표를 받아야 했다.

다행히도 9차전에 마운드에 오른 슬레이튼 커쇼가 7이닝 2실점 역투를 선보이며 다저스는 시리즈 스윕을 면할 수 있었다.

특히나 슬레이튼 커쇼는 자이언츠의 에이스인 에디슨 범가너와의 맞대결에서 승리하며 다저스의 자존심을 지켜냈다.

비록 자이언츠에 덜미를 잡히긴 했지만 40경기, 전체 일정의 25퍼센트를 소화한 시점에서 다저스는 27승 13패, 승률 0.675를 기록하며 내셔널 리그 서부 지구 1위를 질주했다.

또한 내셔널 리그 전체 승률 1위 자리를 계속해서 유지해 나갔다.

"다저스가 이 페이스를 유지한다면 올 시즌 109승까지 거둘 수 있을 겁니다. 물론 쉽지 않은 일이겠지만 분위기만 놓고 보자면 100승은 문제없을 것처럼 보입니다."

"적어도 최근 10년간 가장 좋은 성적을 낼 가능성은 높다고 생각합니다. 일단 선발진이 안정되어 있고 타선도 별 무리 없이 돌아가고 있으니까요."

"하지만 위험 요소는 아직 남아 있습니다. 류현신은 언제 부상이 재발할지 모르고 야디에르 알베스는 여전히 들쭉날쭉한 피칭을 이어가고 있습니다."

"1번 타자로 나서는 앤드 토레스의 집중력이 떨어지고 있다는 점도 문제입니다. 타격은 여전하지만 주루와 수비 부분에서 크고 작은 실수가 끊이질 않고 있습니다."

"그 문제를 해결하기 위한 가장 좋은 방법은 역시나 트레이드를 빨리 진행하는 것이겠죠."

"이미 언론에 트레이드 카드가 거의 다 공개가 된 상황에서 아직까지 결론을 내지 않는다는 것 자체가 문제입니다."

"차라리 트레이드가 불발됐다는 말이라도 나온다면 마음이라도 편할 텐데 말이죠."

"제 생각에는 다저스가 포스트 시즌에 대비하기 위해 조금 더 괜찮은 카드를 요구하는 것처럼 보입니다. 아직 시즌 초반이긴 하지만 에인젤스의 올 시즌 포스트 시즌 전망은 불투명하니까요."

"저 역시 그럴 가능성이 높다고 생각합니다. 그래도 지금까지 틀어졌다는 소식이 없는 것으로 봐서는 어떻게든 트레이드가 이루어진다고 봐야 할 것 같습니다."

대다수의 전문가는 다저스가 선두 수성에 가장 큰 고비를 넘겼다고 전망했다.

샌프란시스코 원정에서 루징 시리즈를 기록하며 자이언츠와의 상대 전적에서 다시 밀리긴 했지만(3승 4패) 약체 팀들 간의 홈 6연전이 기다리고 있었다(파드리스–브레이브스).

게다가 지구 2위 자이언츠와는 여전히 4경기 차이를 유지하고 있었다.

무엇보다 전문가들은 다저스의 1위 질주가 자이언츠의 상대적인 부진 때문이 아니라는 점을 높이 평가했다.

자이언츠의 시즌 성적은 23승 17패. 승률은 0.575에 달했다.

내셔널 리그 팀들 중 자이언츠보다 성적이 좋은 건 다저스와 컵스(24승 16패, 승률 0.600)뿐이었다.

아메리칸 리그까지 통틀어도 마찬가지였다. 물고 물리는 접전이 펼쳐지고 있는 아메리칸 리그 최고 승률 팀(레인저스, 24승 18패, 승률 0.571)조차 자이언츠보다 성적이 좋지 않았다.

그렇다 보니 다저스의 상승세는 당분간 이어질 거란 전망이 우세했다. 몇몇 위험 요소가 없지 않지만 그 정도는 메이저리그 모든 팀에게도 해당되는 것들이었다.

오히려 전문가들은 다저스와 에인젤스 간에 진행 중인 물밑 트레이드의 결과에 따라 다저스가 더 큰 상승 동력을 얻을 수 있다며 기대를 모았다.

트레이드를 주관하고 있는 알렉스 인터폴리스 부사장은 언론과 팬들의 기대를 누구보다 잘 알고 있었다. 그래서 한시라도 빨리 트레이드 경과를 발표하고 싶었다.

하지만 지역 라이벌 구단이 잘되는 게 배 아파서일까.

에인젤스가 계속해서 어깃장을 놓으며 협상이 지연되고 있었다.

물론 알렉스 인터폴리스 부사장이 지나치게 젊고 좋은 선수들을 요구하는 게 문제로 지적되긴 했다.

하지만 매번 말이 바뀌는 에인젤스 구단의 대응도 트레이드를 어렵게 만들고 있었다.

"젠장. 그냥 확 엎어버릴까?"

알렉스 인터폴리스 부사장이 짜증스럽게 말했다.

그러자 세런 테일러가 단호한 목소리로 대답했다.

"그랬다간 이번 일에 책임을 지고 다시 2선으로 물러나야 할 거예요."

"2선? 고작 트레이드 하나 때문에?"

"이번 트레이드를 성공시켜서 다저스를 월드시리즈 우승으로 이끌겠다고 큰소리쳤잖아요? 그걸 실패해 봐요. 이사들이 알렉스를 어떻게 보겠어요."

"젠장! 젠장! 그럼 나더러 어쩌라고? 에인젤스가 원하는 대로 전부 다 내주자고?"

에인젤스는 지난 몇 년간 투수 문제로 골머리를 썩고 있었다. 그래서 다저스의 수준급 선발 투수에 상당히 눈독을 들이고 있었다.

그러나 알렉스 인터폴리스 부사장은 젊고 건강한 투수들을 에인젤스에 내주고 싶은 마음이 없었다.

부상의 위험이 있거나 전성기를 지난 투수라면 얼마든지 내주겠지만 가뜩이나 지역 라이벌 구단에 이제 막 전성기를 바라보는 투수를 보냈다가 잭팟이라도 터진다면?

상상만으로도 진저리가 처질 일이었다.

하지만 이런 식으로 서로 욕심만 부리다간 트레이드가 성사될 길이 없었다.

"알렉스, 욕심 부리지 말고 처음부터 다시 생각해 봐요. 우리가 원했던 게 뭐였죠?"

"후우……."

"알렉스!"

"젠장, 불펜 투수잖아."

"그래요, 불펜 투수. 그것도 젊고 건강한 불펜 투수. 맞죠?"

"그래."

"그래서 캐빈 베드로시안을 요구한 거고요."

"그랬더니 에인젤스 놈들이 느닷없이 앤드 토레스를 달라고 했지."

"그야 에인젤스에는 트라우스를 제외하고 두 자릿수 도루를 기록한 선수가 단 한 명도 없으니까요."

"그렇다고 1번 타자를 건드려?"

"그야 우리에게 마이클 리드라는 확실한 대안이 있다는 걸 알고 있으니까요."

"젠장. 이봐, 세런. 지금 누구 편을 드는 거야?"

알렉스 인터폴리스 부사장이 언성을 높였다.

그러자 세런 테일러가 진정하라며 손바닥을 들어 보였다.

"알렉스, 지금 누구 편을 들자는 게 아니에요. 냉정하게 생각해 보자는 소리예요."

"내가 지금 이성을 잃기라도 했다는 거야?"

"솔직히 말해볼까요? 만약 당신이 블루제이스의 단장이었다면 이런 식으로 트레이드를 진행했을까요? 봐요. 알렉스. 이사들에게 당신의 능력을 보여주겠다는 욕심은 충분히 이해하지만 과해요. 이런 식으로는 아무것도 할 수 없다고요."

"크으……."

"그리고 난 때로는 줄 건 과감하게 줄 필요도 있다고 생각해요."

"손해 보는 트레이드를 하면 언론이 가만있을 거 같아?"

"언론이야 늘 트레이드에 있어서 부정적이야라고 말한 건 알렉스인 거 같은데요?"

"그럼 빌리의 말처럼 건을 넘겨주기라도 하자는 소리야?"

"물론 그런 터무니없는 요구는 응할 필요가 없겠죠. 그건 마이크 트라우스를 준다고 해야 겨우 고민할 문제잖아요."

"허, 건을 주고 마이크 트라우스를 받자고?"

"그냥 해본 소리예요. 그리고 장기적인 관점에서 봤을 때 건이 더 아까워요."

"암, 그렇고말고. 건은 이제 스무 살이잖아. 안 그래?"

"정확하게는 열아홉이죠."

"크흐흐. 아무튼 건만 생각하면 예뻐 죽겠다니까."

박건호의 이야기가 나오기가 무섭게 알렉스 인터폴리스 부사장이 실실 웃어댔다. 조금 전까지 분명 진지한 분위기였지만 박건호를 향한 마음은 도저히 숨길 수가 없었다.

세런 테일러의 입가에도 미소가 번졌다.

이번 트레이드가 계속해서 지연되고 있음에도 불구하고 이사진이 너그럽게 기다려 주는 가장 큰 이유가 바로 다저스의 호성적 때문이었다.

그리고 그 호성적을 가장 앞에서 이끌고 있는 게 박건호였다. 그건 그 누구도 부정할 수 없는 명백한 사실이었다.

"어쨌든 알렉스 우든과 홀리오 유레아스, 둘 중 한 명은 에인젤스에게 넘겨주는 게 낫다고 봐요."

세런 테일러가 다시 분위기를 수습했다.

그러자 알렉스 인터폴리스 부사장의 얼굴에서 웃음이 사라졌다.

"그건 안 돼. 그러다 류현신이 잘못되기라도 하면 어쩌려고 그래? 야디에르 알베스도 불안하다고. 이번에 월드시리즈에서 우승하려면 그 둘은 확실히 붙잡고 있어야 해!"

"하지만 알렉스, 그 반대의 경우가 나올 수도 있어요."

"반대의 경우?"

"류현신이 계속해서 선발 로테이션을 소화해 주고 야디에르 알베스가 안정감을 되찾으면, 그때는 어떻게 할 거예요?"

"그건 지나치게 낙관적인 전망이잖아."

"그러니까 보험은 하나만 들자고요. 그래야 남아 있는 선수들도 기회를 기다리며 힘을 낼 테니까요."

"흐음……."

"하나로는 부족란 생각은 하지 마요. 다저스 팜에는 좋은 유망주 투수가 많다고요. 지금도 선발 진입이 벅찬데 정리마저 안 된다면 유망주들은 전부 다저스를 떠나려 들지 몰라요."

"젠장."

알렉스 인터폴리스 부사장이 입술을 질근 깨물었다.

애써 키운 선발 투수를 에인젤스에게 넘기는 건 여전히 아까웠지만 세런 테일러의 지적도 틀리진 않았다.

"알렉스 우든을 넘겨요."

"우든을?"

"앤드 토레스와 야르엘 푸이그라는 말썽쟁이들을 묶어서

넘기잖아요. 그렇다면 그나마 컨트롤하기 좋은 우든을 보내 줘야죠."

"그 대가로 우리는 뭘 얻을 수 있는데?"

"일단 알렉스가 원하는 캐빈 베드로시안을 데려올 수 있겠죠. 추가로 코리 에지까지는 가능할 것 같아요."

"코리 에지까지? 에인젤스가 그걸 받아들일까?"

"대신 에인젤스가 원하는 대로 2루수를 맞바꾸면 어때요?"

"칼렙 코와트를 받고 엔리 에르난데스를 내보내자고?"

"둘 다 수비 능력은 출중하니까요. 환경이 바뀌면 지금보다 더 나은 선수가 될지도 모르죠."

"안은 어때? 그 녀석, 확실히 데려올 가치가 있는 거야?"

"안이 지난 시즌 마이너리그에서 때려낸 홈런이 몇 개인 줄 알아요?"

"그래 봐야 마이너리그잖아."

"그랬다면 에인젤스에서 그렇게 반대하진 않았겠죠. 솔직히 야르엘 푸이그를 얹어준다고 하니까 안을 허락한 거잖아요."

"후우⋯⋯."

알렉스 인터폴리스 부사장이 길게 한숨을 내쉬었다.

확실히 세런 테일러가 끼어드니까 복잡했던 트레이드 카드들이 명확하게 눈에 들어왔다.

다저스의 숙제인 불펜진 강화를 위해 통제가 안 되는 앤드 토레스와 야르엘 푸이그를 보내고 케빈 베드로시안과 코리 에지라는 91년생 젊은 불펜 투수들을 받아오는 게 기본적인 틀이었다.

여기서 다저스는 외야 유망주를 원했고, 안승혁을 지목했다. 그리고 추가로 지명권을 원했다.

그 대가로 에인젤스가 다시 선발급 투수를 원했는데 7번째 선발 옵션인 알렉스 우든이라면 다저스나 에인젤스, 모두가 만족할 수 있을 것 같았다.

"그럼 3 대 3 트레이드인가?"

"여기서 조금 판을 넓혀서 불필요한 유망주들도 함께 정리를 해야죠."

"그거야 뭐 금방이고. 문제는 이걸 에인젤스에서 받아주느냐는 건데."

"받아들일 거예요. 아마 에인젤스도 내심 알렉스 우든나 훌리오 유레아스가 넘어오길 바랄 테니까요."

"좋아. 어디 한번 해보자고."

잠시 생각을 정리한 뒤 알렉스 인터폴리스 부사장이 전화기를 들었다. 그리고 잠시 후 에인젤스의 단장인 빌리 애플과 트레이드 마무리에 들어갔다.

그사이 세런 테일러는 비어 있는 옆방으로 들어가 창밖으로 경기를 지켜보았다.

7회 초. 파드리스의 공격.

마운드 위에는 여전히 박건호가 서 있었다.

세런 테일러가 전광판 쪽으로 눈을 돌렸다.

3 대 0.

다저스가 3점 차로 리드하고 있었다.

"오늘도 이기겠네."

세런 테일러가 가볍게 웃었다.

3점 정도는 한순간에 뒤집어질 수 있겠지만 상대 팀이 지구 최하위인 파드리스고 투수가 파드리스의 천적이라 불리는 박건호라면 그럴 일은 일어나지 않을 것 같았다.

아니나 다를까.

"스트라이크, 아웃!"

박건호가 불같은 강속구를 내던져 4번 타자 윌 마이스를 삼진으로 돌려세웠다.

"와우!"

전광판에 찍힌 숫자를 확인한 세런 테일러가 나지막이 탄성을 내뱉었다.

103mile/h(≒165.8㎞/h).

작년까지만 해도 다저스의 최고 강속구 투수는 야디에르 알베스와 켈리 젠슨이었는데 어느새 박건호가 그 자리를 꿰찬 느낌마저 들었다.

그때였다.

"이봐! 세런! 여기서 뭘 하고 있는 거야?"

벌컥 하고 문이 열리더니 알렉스 인터폴리스 부사장이 고개를 내밀었다.

"트레이드는요?"

"거의 마무리 중이야. 그러니까 빨리 오라고."

"잠깐만요. 이번 이닝만 보고요."

세런 테일러가 씩 웃으며 말했다. 알렉스 인터폴리스 부사장의 성격상 아마 트레이드는 도장 찍는 일만 남았을 것 같았다.

하지만 알렉스 인터폴리스 부사장도 최종 결정전에 세런 테일러의 냉정한 의견과 확신이 절실히 필요했다.

"더 볼 필요 없어. 이겼다고."

"아직 7회예요."

"건이잖아. 이길 거야."

"그러다 지면요?"

"하하. 그럼 내가 천 달러를 주지."

"정말이에요?"

"그래, 그러니까 빨리 가자고. 가급적이면 오늘 경기가 끝나기 전에 마무리 짓고 싶으니까."

알렉스 인터폴리스 부사장의 재촉에 세런 테일러가 마지못해 발걸음을 움직였다.

그리고 그날 경기는 알렉스 인터폴리스 부사장의 호언장담대로 다저스의 4 대 0, 완승으로 끝이 났다.

그날 저녁.

지이잉. 지이잉.

안승혁으로부터 다급한 전화가 걸려왔다.

"뭐야? 된 거야?"

뭔가를 직감한 박건호가 곧장 전화를 받았다. 그러자 안승혁이 목이 찢어져라 함성을 내질렀다.

"야, 이 미친……. 귀 아파, 이 자식아!"

─크하하하. 건호야! 이 형, 다저스 간다!

"오든지 말든지. 왜 나한테 전화해서 난리야?"

─짜식, 좋으면 좋다고 말해. 내가 다저스 가서 네 경기 때마다 홈런을 때려줄 테니까.

"너 말고도 내 경기에서 홈런 때리겠다고 벼르는 선수 많거든? 그러니까 얼른 집에 전화해. 다들 걱정하실 거 아냐."

─그래, 그래야지. 암튼 딱 기다리고 있어.

"알았다, 인마."

—참, 네 방 넓지? 한 사람 더 써도 되지?

"뭐? 내 방? 싫은데? 안 넓은데? 엄청 좁은데?"

—알았어, 인마. 형이 찐하게 이뻐해 줄게. 기다려라.

"뭐래? 야! 야, 인마!"

박건호가 다급히 소리를 질러봤지만 소용없었다.

수화기 너머에서는 통화 종료음만이 멋쩍게 울리고 있었다.

"나 참, 이 자식은 뭐가 이렇게 제멋대로야?"

핸드폰을 내려놓으며 박건호가 코웃음을 쳤다. 그래도 전화를 했으면 승리 투수가 된 걸 축하한다는 인사 정도는 할 줄 알았는데 제 이야기만 쏟아내고 끊어버렸다.

하지만 박건호는 안승혁이 얄밉지 않았다. 다저스에 온다고 해서 메이저리그 주전 자리가 확보되는 건 아니겠지만 이렇게나마 일이 풀려서 다행이라고 여겼다.

"그래, 승혁이 놈도 잘되어야지. 그래야 나도 승혁이한테 빚진 걸 갚지."

지금은 가물가물해졌지만 박건호는 아직도 10년짜리 예지몽을 잊지 못하고 있었다.

물론 꿈에 불과할지 모르겠지만 꿈을 꾸던 그 시점에 안승혁이 없었다면, 그리고 안승혁의 재능을 믿지 않았다면 지금의 메이저리그 박건호도 존재하지 않았을 것 같았다.

"그건 그렇고 언제쯤 발표가 되려나?"

박건호가 내려놓았던 핸드폰을 다시 집어 들었다. 그리고 한참 동안 핸드폰을 뒤져 다저스의 홈페이지에 접속했다.

그때까지만 해도 다저스 홈페이지의 주인공은 박건호였다.

8이닝동안 3피안타만 내준 채 12개의 탈삼진을 쓸어 담으며 파드리스 타선을 잠재웠으니 스포트라이트를 받는 게 당연했다.

하지만 그것도 잠시.

새로 고침 버튼을 누르자 대문의 사진이 바뀌었다.

다저스-에인젤스 6 대 5 트레이드 전격 합의!

"떴구나."

박건호가 냉큼 페이지를 클릭했다. 그리고 그 속에서 에인젤스의 최고 유망주 타자인 안을 영입했다라는 내용을 확인하고는 씩 웃음을 흘렸다.

4

앤드 토레스가 다저스를 떠난다는 소식은 이미 오래전부터 퍼져 있었다.

덩달아 야르엘 푸이그가 오히려 적극적으로 이적을 원했

다는 사실도 다저스 팬들에게는 공공연한 비밀이나 다름없었다.

하지만 좌완 기대주였던 알렉스 우든의 이적은 다소 충격이었다.

91년생. 좌완이 넘쳐 나는 다저스에서 이렇다 한 성적을 내진 못했지만 어느 팀에 가더라도 최소 5선발 역할은 해줄 수 있다는 게 팬들의 기대였고 전문가들의 평가였다.

그런데 알렉스 우든을 지역 라이벌인 에인젤스에 보내 버렸으니 적지 않은 팬이 아쉬움을 토로했다.

하지만 그들 중 누구도 다저스가 잘못된 판단을 내렸다고 말하지 않았다. 냉정하게 따졌을 때 다저스에 알렉스 우든의 자리가 없었기 때문이다.

ㄴ잘 보낸 거야. 알렉스 우든에게도 좋은 기회가 될 거라고.

ㄴ맞아. 솔직히 다저스에서는 알렉스 우든이 선발로 뛸 수 없잖아.

ㄴ류현신이 언제 부상이 재발할지 모르고 야디에르 알베스가 불안불안 하긴 하지만 그래도 훌리오 유레아스가 있으니까. 알렉스 우든에게까지 기회가 가진 않겠지.

ㄴ지금 로스 스트리플도 마이너리그에서 썩고 있잖아. 알렉스 우든 입장에서는 차라리 에인젤스로 가는 게 나을지도 몰라.

ㄴ그래도 제법 괜찮은 투수들을 데려온 건 마음에 들어.

ㄴ맞아. 캐빈 베드로시안은 빠른 공을 던지는 우완 투수고 코리 에지도 수준급 좌완 불펜이잖아. 게다가 둘 다 91년생으로 어리고 말이야.

ㄴ알렉스 우든도 91년생이야.

ㄴ하지만 알렉스 우든은 불펜에서 던지는 걸 원치 않으니까. 어쩔 수 없지.

ㄴ알렉스 우든은 원래 선발을 원했다고. 구단에서 선발 투수로 키웠고. 불펜에서 적응하지 못하는 게 당연하잖아?

ㄴ그렇다고 무작정 알렉스 우든에게 선발 기회를 줄 수는 없는 거잖아.

ㄴ대체 알렉스 우든을 대신해 누구를 빼야 한다는 거야? 커쇼? 건? 마에다? 아니면 꾸준한 모습을 보여주고 있는 류?

ㄴ야디에르 알베스보다는 나은 투구를 보여줄지 모르지. 하지만 고작 그 정도라면 야디에르 알베스에게 기회를 주는 게 맞아. 이미 알렉스 우든은 충분히 기회를 줬으니까.

다저스 팬들은 다저스의 사정상 어쩔 수 없었다며 알렉스 우든에게 일어난 비극을 받아들였다.

그러면서 트레이드의 중심에 선 안승혁에게 관심을 보였다.

ㄴ그런데 안은 누구야? 건하고 같은 한국인인가?

ㄴ안은 보통 한국인이 아냐. 무려 건하고 같은 고등학교 출신 선수지.

ㄴ와우, 그게 정말이야?

ㄴ그래, 내 친구가 에인젤스 광팬인데 건이 에이스를 했던 팀에서 안이 4번 타순을 쳤다고 해. 그리고 메이저리그에 넘어오기 전 평가는 안이 건보다 더 좋았다나 봐.

ㄴ그 정도면 엄청난 잠재력을 가진 거 아냐?

ㄴ하하. 너무 흥분하진 말자고. 솔직히 건이 이 정도로 대박을 터뜨릴 줄은 아무도 몰랐을 테니까.

ㄴ그래도 모르지. 안이 건의 반 정도는 되어줄지도.

ㄴ솔직히 그 이상이 될 가능성이 높아. 자, 이걸 보라고. 여기에 들어가 보면 안의 마이너리그 기록이 나와 있으니까.

ㄴ허, 이거 진짜야?

ㄴ맙소사. 이건 거의 리틀 마이클 트라우스 수준이잖아?

ㄴ마이클 트라우스와 비교하는 건 무리야. 안은 도루가 형편없으니까.

ㄴ하지만 실제로 에인젤스 팬들은 안이 제2의 마이클 트라우스가 될 거라고 기대했다나 봐.

ㄴ에인젤스 팬들. 엄청 화가 났겠는데?

└아니, 그쪽도 어느 정도 이해하는 분위기야. 안이 메이저리그에 올라와도 마땅한 자리가 없었으니까.

└그건 우리도 마찬가지 아냐?

└아니지. 안의 장타력이라면 좌타 대타로 충분히 쓸 만하다고. 무엇보다 안은 좌투수에게 상당히 강해. 좌투수만 만나면 힘을 못 쓰는 조시 메딕을 대신할 수 있을 거야.

모렐 허샤이저 감독도 캐빈 베드로시안과 코리 에지보다 안승혁의 합류에 큰 기대를 보였다.

안승혁을 데려오기 위해 다저스에서 내놓은 카드가 앤드 토레스와 야르엘 푸이그였다.

물론 그 계산속에 마이너리그 선수가 끼어 있긴 했지만 안승혁이 기대만큼만 활약해 준다면 코일 시거, 작 피터슨과 함께 다저스의 젊은 클린업 트리오를 구성해 줄 수 있을 것 같았다.

"안을 조금 더 지켜보는 게 좋겠습니다."

"곧장 테스트를 하겠다고요? 마이너리그에 잠시 보내는 게 낫지 않을까요?"

"야르엘 푸이그가 빠졌으니 힘 있는 대타 자원이 필요합니다. 구단에서 얼마나 좋은 선수를 데려왔을지 빨리 확인해 보고 싶네요."

당초 언론은 안승혁이 다른 마이너리그 선수들과 함께 오클라호마시티(다저스 산하 트리플 A 구단)에서 시즌을 시작할 것이라고 내다봤다.

불펜의 즉시 전력감인 캐빈 베드로시안과 코리 에지를 위해 대대적인 로스터 변동이 필요한 상황에서 안승혁까지 보태진 않을 것이라고 판단한 것이다.

하지만 모렐 허샤이저 감독은 곧바로 안승혁을 메이저리그에 올렸다. 그리고 브레이브스와의 홈 3연전 첫 경기부터 대타로 기용했다.

"후우……."

6회 말. 1사 주자 1, 3루 상황에서 6번 타자 조시 메딕을 대신해 메이저리그 데뷔 타석을 맞이한 안승혁은 반쯤 얼어붙어 있었다.

스코어는 4 대 2.

선발 야디에르 알베스가 6이닝 동안 4실점을 하면서 경기 분위기는 브레이브스 쪽으로 기운 상태였다.

하지만 여기서 큰 것 한 방이 터져 나온다면 얼마든지 경기를 뒤집을 수 있었다.

"침착하자, 침착해."

안승혁은 최소 희생플라이는 때려내야 한다며 이를 악물었다. 그러나 초구와 2구, 바깥쪽 스트라이크를 전부 놓치면서

4구째 삼진으로 물러나고 말았다.

다행히 뒤이어 타석에 들어선 야스마니 그린이 역전 3점포를 쏘아 올리며 야디에르 알베스와 다저스를 구원했지만 안승혁은 크게 웃지 못했다.

"하아. 건호야, 나 이러다 마이너 내려가는 거 아니냐?"

"괜찮아, 인마. 다음번에 잘하면 되지."

"그렇지? 다음번에 잘하면 되겠지?"

"그래. 내일이 커쇼 경기니까 그때 뭔가 보여주라고. 원래 다저스 팬들은 커쇼 경기 때 잘하는 선수 엄청 좋아하더라."

"그래?"

박건호의 격려에 안승혁은 다시 방망이를 들었다.

그리고.

ㅡ큽니다! 크게 날아갑니다!

ㅡ아아, 저건 넘어가겠는데요!

1 대 0으로 지고 있던 7회 말, 두 번째 대타로 나온 안승혁이 무실점 호투를 펼치던 브레이브스의 선발 투수 훌리오 테헤라의 초구를 잡아당겨 동점 홈런을 때려냈다.

그 한 방으로 잘 던지던 훌리오 테헤라가 무너졌다. 7회에만 4점을 내주며 강판, 에이스로서 팀의 연패를 끊는 데 실패하고 말았다.

올 시즌 첫 6연승을 이어가게 된 다저스는 기세를 몰아 3차 전까지 쓸어 담았다.

선발 마에다 케이타가 6이닝 3실점으로 안정감 있는 모습을 보여주었고 타선이 8회와 9회 연달아 점수를 올리며 3경기 연속 역전승이라는 진기록을 만들어냈다.

7연승을 기록하며 지구 선두 자리를 굳게 지킨 다저스는 기분 좋게 세인트루이스로 날아갔다.

그 전세기 안에 두 번째 타석에서 강력한 존재감을 뽐낸 안승혁도 한자리를 차지했다.

"크흐, 이게 말로만 듣던 전세기로구나."

박건호의 옆에서 안승혁은 연신 호들갑을 떨어댔다.

그때마다 박건호가 적당히 하라며 눈치를 줬지만 안승혁도 좀처럼 들뜬 기분을 억누르지 못했다.

"너 계속 그러면 첫 경기 때 삼진 먹어버린다?"

"그러시든가. 네가 손해지 내가 손해겠냐?"

"쳇, 치사한 놈. 넌 자리 잡았다 이거지?"

"억울하면 정신 바짝 차려. 홈런 하나 쳤다고 우쭐했다간 원정 끝나고 바로 마이너리그로 내려가게 될 테니까."

"나쁜 놈. 친구한테 악담이라니."

안승혁은 입술을 삐죽거렸다.

하지만 박건호를 야속하게 여기지 않았다.

냉정하게 봤을 때 틀린 말은 아니었다. 박건호 역시 작년 한 해 불펜에 머무르는 내내 들어왔던 잔소리였다.

게다가 박건호는 카디널스와의 첫 경기 선발 투수였다.

가뜩이나 신경이 날카로운 상황에서 정신 사납게 구는데 좋은 소리가 나올 리 없었다.

'짜식, 이제 걱정 마라. 형이 네 경기 때마다 홈런을 뻥뻥 때려줄 테니까.'

전세기가 이륙한 지 한 시간이 지나서야 안승혁은 푹신한 시트에 몸을 눕혔다.

하지만 애석하게도 카디널스-로키스로 이어지는 원정 6연전에서 안승혁의 활약상은 없었다.

5

다저스가 홈 6연전을 쓸어 담고 7연승을 거둘 때만 해도 LA 언론은 선두 경쟁이 끝났다고 단언했다.

33승 13패. 승률 0.717

실로 압도적인 페이스 앞에 메이저리그 전 구단이 입을 다물지 못할 지경이었다.

지구 2위 자이언츠와도 7경기 차이까지 벌어졌다.

물론 아직도 110경기가 넘게 남았으니 우승을 단언하긴 이른 시점이었지만 전반기가 끝나기 전까지 자이언츠가 다저스를 따라잡기란 불가능하다는 의견이 주를 이루고 있었다.

만만찮은 원정 6연전에 대해서도 낙관적인 전망이 이어졌다.

"4승 2패면 충분합니다."

"연승을 이어간다면 좋겠지만 컵스와 선두다툼 중인 카디널스는 만만치 않으니까요."

"로키스 원정도 늘 부담스럽죠. 그렇다면 무리하지 않고 위닝 시리즈 정도에 초점을 맞춰도 충분할 거라고 생각합니다."

전문가들은 지금의 분위기라면 다저스가 충분히 위닝 시리즈를 이어갈 것이라고 판단했다.

하지만 막상 뚜껑을 열자 정반대의 결과가 나왔다.

카디널스와의 원정 3연전에서 다저스는 충격의 시리즈 스윕을 당했다.

불길한 분위기는 첫 경기에 나왔다.

지금껏 2실점 이상 한 적이 없던 박건호가 처음으로 3실점 경기를 펼친 가운데 타자들이 침묵에 빠지면서 3 대 0, 완봉패를 당하고 만 것이다.

비행 후 피로가 풀리지 않았던지 박건호는 경기 초반부터 제구가 흔들렸다.

박건호에 대해 철저히 연구한 카디널스 타자들은 그 틈을 놓치지 않고 파고들었다. 그리고 박건호에게 시즌 첫 패배를 안겨주었다.

믿었던 박건호가 무너지면서 경기 분위기는 카디널스 쪽으로 완전히 넘어갔다. 2차전에 등판한 류현신은 6이닝 3실점으로 호투했지만 이번에도 타선이 침묵했다.

고작 4개의 안타로는 3점의 점수를 쫓아갈 수가 없었다. 3차전 마운드에 오른 야디에르 알베스는 6이닝 2실점으로 제 몫을 다해주었다.

하지만 뒤를 받쳐 줘야 할 불펜진이 불을 지르면서 마지막 경기마저 카디널스에게 내주고 말았다.

세인트루이스 원정에서 불의의 일격을 허용한 다저스 선수단은 충격을 수습할 여유도 없이 곧장 콜로라도로 향했다.

5차전 선발 투수는 슬레이튼 커쇼. 연패를 끊어야 한다는 부담이 컸지만 슬레이튼 커쇼는 에이스답게 9이닝 3실점 완투승을 거두며 박건호를 제치고 팀 내 다승 순위 1위로 올라섰다.

그러나 다저스의 안도감은 오래가지 않았다. 6차전 마에다 케이타에 이어 7차전 선발로 등판한 박건호가 연패

하면서 1승 2패로 두 경기 연속 위닝 시리즈를 놓치게 된 것이다.

마에다 케이타의 부진은 어느 정도 예견이 된 일이었다.

최근 들어 부쩍 페이스가 떨어진데다가 쿠어스 파크에서는 약한 모습을 보였기 때문에 6이닝 4실점이라는 성적이 결코 실망스럽지 않았다.

하지만 박건호의 두 경기 연속 부진은 뼈아팠다.

6이닝 2피안타 4사사구 2실점 탈삼진 7개.

피안타는 고작 2개뿐이지만 시즌 최다인 4개의 사사구를 내준 게 뼈아팠다. 그만큼 공이 제구가 되지 않았다. 고산지 대인 쿠어스 파크의 분위기에 전혀 적응하지 못하는 모습이었다.

그러면서도 7개의 삼진을 잡아내며 실점을 2점으로 틀어막은 건 칭찬받을 만한 결과였다.

하지만 불펜이 또다시 불을 질렀다. 2 대 1로 뒤진 상황에서 7회부터 9회까지 매 이닝 2실점하며 뒷심을 보여준 타자들을 무색하게 만들었다.

원정 6연전의 핵심이라 여겼던 박건호가 2패로 부진하면서 다저스의 승률도 뚝 떨어졌다.

34승 18패. 승률 0.654.

내셔널 리그에서는 가장 높은 승률이었지만 한 주 전보다 무려 0.063이 낮아졌다.

자연스럽게 자이언츠와의 격차도 좁혀졌다.

7경기 차이였던 게 이제 3경기밖에 나지 않았다.

"건이 한 번쯤 위기가 찾아올 거라 생각했습니다."

"아무래도 이제 2년 차 투수니까요. 모든 경기에서 잘 던지기란 사실 쉽지 않겠죠."

"건이 지나치게 포심 패스트볼로만 타자들을 승부하는 게 아쉽습니다. 빠른 공으로 타자들을 윽박지르는 게 즐거울지는 모르겠지만 체력 소비를 무시하기 어렵거든요."

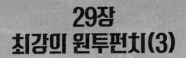

29장
최강의 원투펀치(3)

"확실히 갑작스럽게 바꾼 투구 스타일에 몸이 적응하지 못하는 것일지도 모르겠습니다."

"일단 다음 경기까진 지켜봐야 할 것 같습니다. 다이아몬드 백스와의 홈경기에서 반등한다면 일시적인 부진으로 봐야겠지만 다음 경기에서도 고전한다면 문제가 심각할 수 있습니다."

전문가들은 박건호의 부진이 다저스의 상승세를 멈추게 만들었다고 진단했다.

에이스인 슬레이튼 커쇼를 제치고 내셔널 리그 투수들 중에 가장 높은 자리를 차지했던 박건호가 두 경기 연속 패전의 멍에를 뒤집어쓴 게 1승 5패라는 최악의 성적으로 이어졌다고 분석했다.

LA 언론들도 앞다투어 박건호에 대한 기사들을 쏟아냈다. 일부 극성 언론은 박건호를 잠시 마이너리그로 내려 보내야 한다는 말도 안 되는 소리까지 지껄여댔다.

그러나 다저스의 코칭스태프와 선수들은 박건호에 대해 한결같은 신뢰를 보냈다.

"건이 부진하다고요? 하하. 농담이죠?"

"건의 기록을 보긴 한 거예요? 건은 슬레이튼 커쇼에 이어 두 번째로 많은 승리를 따냈고 평균 자책점은 다저스 전체 투수들 중 여전히 1위라고요."

"건은 11번 선발 등판해서 8경기를 이겼고 2경기를 졌어요. 그리고 승패를 기록하지 못한 경기에서 팀을 승리로 이끌었죠. 승률이 무려 73%예요. 이게 부진한 성적이라면 난 아예 낙제점이겠네요."

"건이 최근 두 경기에서 좋지 못한 모습을 보인 건 투구 밸런스가 잠시 흔들렸기 때문입니다. 루키들에게 종종 있는 현상입니다. 이 정도 어려움쯤은 건이 충분히 이겨낼 거라고 생각합니다."

다저스 동료들은 박건호가 다이아몬드 백스전을 통해 멋지게 반등할 것이라고 장담했다.

지난 홈경기에서 다이아몬드 백스를 상대로 8이닝 3피안타

1실점 호투를 펼쳤으니 이번에도 분명 좋은 모습을 보여줄 거라 기대했다.

다행히 카디널스와의 홈 4연전을 2승 2패로 마치며 침체했던 타격이 되살아나는 모습을 보였다.

"후우……."

박건호는 한결 가벼운 마음으로 마운드에 올랐다.

그리고 동료들의 믿음에 보답하는 피칭으로 시즌 9승째를 챙겼다.

8이닝 4피안타 1실점. 탈삼진 13개.

4회에 2사 이후 중심 타자에게 연속 2루타를 얻어맞으며 1실점한 걸 제외하고는 나무랄 데가 없는 피칭을 선보였다.

박건호가 살아나자 류현신과 야디에르 알베스도 호투를 이어갔다.

류현신은 6이닝 5피안타 2실점 투구로 카디널스 전에 이어 2연승을 기록했다.

야디에르 알베스는 7이닝 무실점 완벽투를 펼치며 올 시즌 가장 좋은 투구를 기록했다.

이 기간 동안 안승혁도 홈런 1개를 포함 3안타 3타점으로 맹활약했다. 특히나 선발로 출전한 8차전에서는 선배인 류현신의 승리를 지키는 투런 홈런을 쏘아 올리며 류현신을 제치고 경기 MVP로 뽑히기까지 했다.

하지만 박건호는 안승혁에게 칭찬 대신 쓴소리를 건넸다.

"아슬아슬한 거 알지?"

"짜식, 이제 겨우 숨 돌리고 있는데 그런 말 해야겠냐?"

"다 죽어갈 때 아무 말 안 한 게 어디냐?"

"쳇, 사람 할 말 없게 만드네."

"좌타자가 우투수의 공을 그렇게 못 때려서 어쩌자는 거야? 우투수만 나오면 자꾸 큰 걸 의식하니까 유인구에 당하는 거잖아."

"그래도 욕심이 나는 걸 어쩌냐."

"너 지금까지 사사구가 단 1개인 거 알고는 있냐? 너 지금 출루율 바닥이야. 장타율만으로 OPS를 끌어올리는 건 한계가 있다고."

만약 박건호가 아닌 다른 선수가 OPS를 입에 올렸다면 안승혁은 코웃음을 쳤을 것이다.

지금껏 16경기에 출전해 안타 6개, 홈런 2개, 4타점을 기록하며 정확하게 3할 타율을 마크했다(6/20).

장타율은 무려 0.650. 사사구를 하나밖에 얻어내지 못하면서 출루율이 0.333밖에 되지 않았지만 OPS는 무려 0.983에 달했다.

타석이 적긴 하지만 로스터에 포함된 타자들 중에서 안승혁보다 높은 OPS를 기록하는 선수는 한 명도 없었다. 이 성적을 꾸준히 유지해 나간다면 안승혁이 마이너리그로 내려 갈 일은 오지 않을 것 같았다.

하지만 박건호는 안승혁이 지나치게 공격적이라고 지적했다. 좋은 공이 들어올 때까지 타석에서 인내해야 하는데도 자꾸만 나쁜 공에 방망이를 내밀었다.

"이번 3연전에서 안타 때려내지 못했으면 너 성적 장난 아니었을 거다. 알지?"

"그래. 안다, 알아. 이 나쁜 놈아. 넌 아직도 1점대 평균 자책점이라 이거냐?"

"그것도 그냥 1점대 평균 자책점이 아니지. 커쇼와 더불어 내셔널 리그에 단 3명뿐인 1점대 평균 자책점이지. 그러니까 너도 정신 바짝 차려. 그 성적에 만족했다간 선발 출장 못 할 거다."

"크으, 이 얄미운 자식. 두고 보자."

나쁘지 않은 장타력에 잠시 우쭐했던 안승혁은 목표를 높게 잡았다. 다른 사람도 아닌 친구이자 라이벌, 박건호를 뛰어 넘겠다며 이를 갈았다.

박건호도 순식간에 25인 로스터를 꿰찬 안승혁을 의식했다. 메이저리그 1년 선배로서 후배(?)인 안승혁에게 따라잡히지 않겠다며 이를 악물었다.

파드리스 원정 경기에서 다저스는 두 명의 10승 투수를 배출하는 데 성공했다.

가장 먼저 10승을 달성한 건 에이스 슬레이튼 커쇼. 시즌 초반 박건호의 독주에 잠시 뒤처졌던 슬레이튼 커쇼는 박건호가 2연패를 당한 틈을 노려 승수 역전에 성공했다.

그리고 7이닝 1실점 호투로 내셔널 리그 투수들 중 가장 먼저 10승 고지를 점령했다.

커쇼! 10승! 다저스, 파드리스에 7 대 1 대승!
커쇼, 먼저 10승 달성. 이제 다음 차례는 건!
커쇼 vs 건! 다승왕 경쟁에서 커쇼가 먼저 웃었다.

LA 언론은 앞다투어 슬레이튼 커쇼의 10승 소식을 전했다. 그러면서 9승 2패로 슬레이튼 커쇼를 따라붙고 있는 박건호가 두 번째 10승 고지에 오를 것이라고 전망했다.

그 과정에서 다저스의 2선발로 활약해 온 마에다 케이타는 이렇다 할 언급조차 없었다.

"젠장할!"

박건호에게 눌려 존재감이 사라져 버린 마에다 케이타는 2선발의 자존심을 지키겠다며 이를 악물었다.

그리고 6이닝 3실점으로 나쁘지 않은 피칭을 선보였다.

하지만 전날에 13개의 안타를 때려낸 타자들이 집단 침묵에 빠지면서 경기는 3 대 2, 파드리스의 승리로 끝이 났다.

퀄리티스타트를 기록했던 마에다 케이타는 시즌 5패째를 떠안았다.

시즌 성적도 더욱 초라해졌다.

13경기에 선발 등판해 5승 5패, 80이닝 평균 자책점 4.05(39실점 36자책점) 탈삼진 84개.

이 정도로는 슬레이튼 커쇼 못지않게 눈부신 활약을 펼치고 있는 박건호보다 낫다고 자신하기 어려웠다.

그러나 LA 언론은 더 이상 마에다 케이타를 비난하지 않았다. 박건호가 시즌 초반 돌풍을 일으킨 이후로 LA 언론뿐만 아니라 대다수 언론이 박건호를 다저스의 실질적인 2선발로 인정하고 있었다.

마지막 경기에 선발 등판한 박건호는 7이닝을 무실점으로 막아내며 슬레이튼 커쇼에 이어 두 번째 10승 투수 반열에 올랐다.

그리고 이날 6번 타자 좌익수로 선발 출장한 안승혁은 3안타 2타점으로 맹활약하며 박건호의 승리를 지켜 주었다.

건! 안! 다저스의 영건들이 파드리스를 격파하다!

코리안 루키즈, 다저스의 승리를 합작하다!

언론은 동갑내기 한국 선수인 박건호와 안승혁이 연패를 끊었다며 극찬을 아끼지 않았다. 팬들도 같은 고등학교 출신인 박건호와 안승혁이 다저스 투타의 핵심 선수로 자리 잡고 있다며 기대감을 부풀렸다.

ㄴ안이 건의 고등학교 동기라는 걸 알았지만 크게 눈여겨 보진 않았어. 내 눈은 건 때문에 엄청 높아졌었거든.

ㄴ나도 마찬가지야. 그런데 안도 보면 볼수록 사람을 미치게 만드는 재주가 있더라고.

ㄴ난 안의 스윙이 너무 좋아. 시원시원하면서도 간결하거든.

ㄴ조시 메딕에게는 미안한 일이지만 난 안이 외야의 나머지 한 자리를 차지해야 한다고 생각해.

ㄴ너희들, 내가 엄청난 비밀 하나 알려줄까?

ㄴ뭔데? 안과 건의 고등학교 시절에 대한 이야기 같은 거야?

ㄴ빙고! 원래 건은 고등학교 2학년 때까지 92mile/h(≒148.1㎞/h)수준의 공을 던졌어. 그런데 고등학교 3학년이 되면서 구속이 97mile/h(≒156.1㎞/h)까지 늘어났다고.

ㄴ그건 다저스 팬이라면 다들 알고 있는 사실 아냐?

ㄴ중요한 건 어째서지. 고등학교 2학년 겨울에 새로운 감독과 코치들이 왔는데 건을 확 뜯어고쳤다고 해. 그리고 올해 겨

울에도 건은 자신을 가르쳤던 고등학교 코칭스태프와 함께 훈련을 했어.

└그리고 엄청난 잠재력을 폭발시켰고!

└그렇다는 건 안도 곧 폭발할 거라 이거야?

└고등학교 때 실력은 안이 건보다 나았다는 이야기는 나도 들었어.

└건과 안은 고등학교 시절 내내 선의의 라이벌이었다고. 바로 코앞에서 건이 저렇게 치고 나가는데 안이 과연 가만있을까?

└이거 에이든 곤잘레스의 후계자가 한 명 더 늘어날 것 같은 느낌이 드는데?

다저스 팬들의 바람대로 박건호와 안승혁은 경쟁하듯 성적을 쌓아 나갔다.

6월 14일. 자이언츠와의 홈 3연전 마지막 경기 때 선발로 등판한 박건호는 8이닝 5피안타 1사사구 1실점 투구로 시즌 11승째를 챙겼다.

앞서 슬레이튼 커쇼와 마에다 케이타가 각각 8이닝 1실점, 7이닝 1실점 승리를 거둔 터라 박건호의 승리는 더욱 빛이 났다.

이번 시리즈 전까지 2경기 차이밖에 나지 않았던 자이언츠와의 격차도 단숨에 5경기 차이로 벌어졌다.

덩달아 이번 시리즈를 통해 지구 1위를 탈환하겠다던 자이언츠의 브라이언 보치 감독의 계산도 또다시 물거품이 되고 말았다.

컵스와의 원정 4연전을 2승 2패로 끝낸 뒤 다저스는 마이애미 원정 3연전에 들어갔다.

박건호는 첫 경기에 선발로 등판해 7이닝 4피안타 2실점으로 시즌 12승째를 챙겼다.

그리고 시카고 원정에서 승리를 기록하지 못한 슬레이튼 커쇼를 제치고 내셔널 리그 다승 1위 자리를 되찾았다.

다이아몬드 백스 원정에서 7이닝 2실점 투구로 잠시 쉬어 간 뒤 박건호는 6월 마지막 등판에서 필리스를 상대로 8이닝 2피안타 무실점 13탈삼진을 기록하며 13번째 승리를 챙겼다.

그리고 전반기 마지막 경기에서 6이닝 3피안타 1실점 호투를 펼치며 브루어스를 14승의 재물로 삼았다.

경기가 끝나고 내셔널 리그 올스타 선발 최종 명단이 확정 발표됐다.

박건호는 슬레이튼 커쇼와 함께 감독 추천 투수로 올스타전에 합류했다. 59승 28패, 승률 0.678이라는 눈부신 성적 덕분일까.

팬 투표와 감독 추천을 포함해 무려 7명의 다저스 선수가

2018년 올스타로 선발되는 영예를 안았다.

"젠장. 좋겠다, 너는."

올스터 선발 명단에서 제외된 안승혁이 부럽다는 눈으로 박건호를 바라봤다.

전반기 선발과 대타를 오가며 11개의 홈런포를 때려냈지만 거포들이 즐비한 메이저리그에서 올스타에 뽑힐 만한 성적은 아닌 모양이었다.

반면 박건호는 오로지 실력 하나로 올스타에 선발됐다.

감독 추천 결과 발표 전 여론 조사에서도 박건호는 슬레이튼 커쇼에 이어 꼭 뽑혀야 하는 내셔널 리그 투수 부문 2위를 기록했다.

"커쇼와 건 중에 누굴 선발로 내보내야 할지 고민을 해봐야 할 것 같습니다."

월드시리즈를 2연패 한 컵스의 조 메이든 감독이 부럽다는 투로 말했다.

박건호가 두각을 드러내기 전까지만 해도 내셔널 리그 챔피언십 시리즈 우승 1순위는 컵스였다. 그러나 다저스가 내셔널 리그 전체 승률 1위 자리를 꾸준히 유지하면서 컵스의 월드 시리즈 3연패 계획에 먹구름이 낀 상황이었다.

그러나 다저스 팬들은 조 메이든 감독의 인터뷰를 부정적으로 받아들였다.

└이게 무슨 말도 안 되는 헛소리야? 건을 선발로 쓰겠다고? 미친 거 아냐?

└물론 실력만 놓고 보자면 건이 선발이 되어도 아무런 문제가 없어! 하지만 건은 브루어스전에 등판했다고. 이틀 만에 건을 선발로 내세우겠다는 건 미친 짓이야!

선발 로테이션에 의해 박건호는 전반기 마지막 경기에 선발 등판했다.

그리고 모렐 허샤이저 감독의 배려 속에 6이닝만 투구했다.

하지만 그것이 올스타 투수들 중 가장 큰 부담을 짊어져야 하는 선발로 써도 좋다는 의미는 결코 아니었다.

"건은 지난 브루어스전에서 77구를 던졌습니다. 조 메이든 감독이 그 점을 잊지 않길 바랍니다."

모렐 허샤이저 감독도 LA 언론과의 인터뷰를 통해 조 메이든 감독을 압박했다.

그러자 조 메이든 감독도 아쉬움을 드러냈다.

"건은 올해 내셔널 리그 최고의 투수 중 한 명입니다. 슬레이튼 커쇼, 제이스 아리에타와 더불어 내셔널 리그 사이영 상의 강력한 후보 중 한 명입니다. 하지만 건이 아직 보호받아야 하는 선수라는 점에 대해서는 충분히 공감합니다. 건에게는 미안한 이야기지만 건을 선발로 등판시키지는 않겠습니다."

논란을 피하기 위해 조 메이든 감독은 컵스의 에이스인 제이스 아리에타를 선발로 내세웠다.

개인적인 성적표만 놓고 보자면 박건호와 슬레이튼 커쇼에 이은 3등이었지만 박건호보다 이틀 앞서 슬레이튼 커쇼가 완봉을 했다는 사실을 고려했다(브루어스전).

"등판 순서는 중요하지 않습니다. 다저스 유니폼을 입고 올스타전에 설 수 있다는 사실 자체가 행복합니다."

박건호도 선발 등판에 연연하지 않았다.

선발을 욕심 낼 상황도 아니었다. 제아무리 체력 회복 능력이 빠르다 해도 선발 등판 후 이틀 만에 긴 이닝을 소화하는 건 몸을 망치는 짓이었다.

결국 박건호는 제이스 아리에타-슬레이튼 커쇼에 이어 세 번째로 마운드에 올랐다.

1 대 0.

내셔널 리그가 한 점 앞서고 있는 상황에서 비교적 수월한⑺ 하위 타선을 삼자범퇴로 돌려세우고 이닝을 마쳤다.

수많은 팬이 닥터 건이라는 플래카드를 흔들어 댔지만 탈삼진을 잡아내진 않았다. 대신 단 5개의 공으로 깔끔하게 이닝을 마쳤다. 최고 구속 101mile/h(≒162.5㎞/h)의 빠른 공 앞에 아메리칸 리그 올스타 타자들은 제대로 타이밍을 맞추지 못했다.

박건호의 1이닝 호투가 도움이 됐던지 2018 올스타전은 내셔널 리그의 승리로 끝이 났다.

"컵스에게도 다저스에게도 분명 좋은 결과입니다."

내셔널 리그 올스타를 이끌었던 조 메이든 감독은 의미심장한 말로 소감을 대신했다.

포스트 시즌에 어떤 팀들이 올라올지는 몰라도 결국 다저스나 컵스, 둘 중 한 팀이 월드 시리즈에 진출할 거라고 판단한 것이다.

인터뷰 직후 포스트 시즌을 바라보는 지역 언론들은 동시다발적으로 불만을 터뜨렸다.

하지만 전문가들은 조 메이든 감독의 예상이 틀리지 않을 것이라고 내다봤다.

"다저스 이외에 어떤 팀이 내셔널 리그 승률 1위를 차지할 수 있을까요? 산술적인 가능성을 떠나 지금 분위기에서 그게 가능한 일일까요?"

"하하. 다른 말이 필요할까요? 다저스는 슬레이튼 커쇼와 건이 있습니다. 성적만 놓고 보자면 내셔널 리그, 아니, 메이저리그 최강의 원투펀치라고 봐도 무방할 정도입니다. 게다가 밸런스도 좋습니다. 슬레이튼 커쇼의 노련함과 건의 패기. 이 둘의 시너지가 다저스를 한 차원 수준 높은 팀으로 만들고 있습니다."

"결국 다저스는 내셔널 리그 승률 1위를 차지하고 와일드 카드 팀을 상대할 가능성이 높습니다. 그리고 컵스는 메츠나 내셔널스와 맞붙겠죠. 지금까지의 전력이 그대로 유지된다고 가정했을 때 다저스와 컵스의 챔피언십 시리즈가 유력해 보입니다. 그럼 결국 조 메이든 감독의 말처럼 되는 거겠죠."

"와일드카드를 노리는 몇몇 팀이 다저스에 도전장을 내밀고 있긴 하지만 글쎄요. 와일드카드 결정전에서 에이스 카드를 쓴 다음에 에이스 없이 슬레이튼 커쇼와 건을 상대해야 합니다. 그것도 다저스 원정에서요. 홈에서 3차전을 가져간다 해도 승산이 있을까요?"

"모렐 허샤이저 감독이 독하게 마음을 먹으면 4차전에 슬레이튼 커쇼, 5차전에 건을 다시 내보낼 수도 있으니까요. 아니면 5차전에 슬레이튼 커쇼와 건이 동시에 등판하게 될지도 모르죠."

"포스트 시즌에서 다저스의 3선발이 누가 될지는 모르겠지만 그리 만만치는 않을 겁니다. 슬레이튼 커쇼와 건에게 가려져 있을 뿐이지 올 시즌 다저스 선발진의 성적은 메이저리그를 통틀어 최고니까요."

"적잖은 다저스 팬이 실망스럽다고 말하는 마에다 케이타가 8승을 거두었죠. 5월이 되기 전 부상자 명단에 오를 거라던 류현신도 벌써 7승입니다. 안정감이라고는 눈을 씻고 찾아

보기 어려운 야디에르 알베스도 6승이죠."

"야디에르 알베스가 후반기에 어떤 경기력을 보여주느냐에 따라 선발 투수 전원이 10승을 달성하게 될지도 모르겠습니다."

"저는 그보다 슬레이튼 커쇼와 건의 동반 20승이 더 기대됩니다. 그렇게만 된다면 슬레이튼 커쇼와 맥 그레인키 조합을 뛰어넘는, 명실공히 다저스 최고의 원투펀치가 될 테니까요."

올스타전이 끝나기가 무섭게 전문가들은 수많은 예측을 쏟아냈다.

그리고 경험과 데이터, 감을 통해 대부분의 전망들을 무리 없이 해냈다.

하지만 단 한 가지.

내셔널 리그 사이영 상 수상자에 대해서는 거의 모든 전문가가 입을 다물었다.

"모르겠습니다."

"이건 예측 불가죠."

"안정감만 놓고 보자면 슬레이튼 커쇼가 앞섭니다. 에이스답게 이닝 소화 능력도 좋아요. 하지만 강렬함은 건이 나은 것 같습니다. 둘 중에 한 명을 꼽기가 불가능할 정도에요."

"건이 시즌 막판까지 지금의 페이스를 유지할 수 있느냐가 유일한 변수이긴 하지만…… 글쎄요. 건은 전반기에 단 한 번도 선발 로테이션을 거르지 않았고 이미 지난해의 투구 이닝을 넘어섰어요. 그런데도 구속이나 구위는 여전하죠. 건에게 2년 차 징크스를 가져다대는 게 솔직히 더 억지스럽네요."

4월 말 박건호가 0점대 평균 자책점(0.49)으로 내셔널 리그 평균 자책점 부분 선두를 내달렸을 때 대다수 전문가는 일시적인 현상이라고 말했다.

박건호뿐만 아니라 시즌 초반에 반짝 등장에 눈부신 기록을 세우며 기대를 모았던 투수들은 메이저리그 역사에 차고 넘쳤다.

5월 말, 박건호가 2점대 평균 자책점(2.25)으로 다소 부진하자 전문가들은 이제 제자리를 찾아가는 것뿐이라고 단언했다.

오히려 일부 전문가는 박건호가 2점대 평균 자책점으로 버텼다는 사실을 더 놀라워하기도 했다.

그러나 6월 말, 박건호가 다시 1점대 평균 자책점(1.20)을 회복하며 내셔널 리그 평균 자책점 경쟁에서 앞서가자 전문가들의 평가가 달라졌다.

짧게는 한 달, 길게는 두 달. 몇 경기 바짝 잘 던져서 평균 자책점을 대폭 낮추는 건 누구나 가능한 일이었다.

하지만 전반기가 끝난 상황에서 1점대 초반(1.36)의 평균 자책점을 유지한다는 건 결코 아무나 할 수 있는 일이 아니었다.

지난 2017 시즌, 1점대 평균 자책점 달성에 성공한 건 단 두 명뿐이었다.

컵스의 에이스 제이스 아리에타 그리고 통산 평균 자책점이 2점대 초반인 다저스의 에이스 슬레이튼 커쇼.

이때 박건호는 규정 이닝 미달이었다.

2016년은 아예 한 명도 없었다.

2015년은 2명에 불과(맥 그레인키, 제이스 아리에타)했고 2014년과 2013년은 슬레이튼 커쇼만이 1점대 평균 자책점의 영광을 누렸다.

지난 10년간 메이저리그를 통틀어 1점대 평균 자책점 기록은 고작 6번뿐이었다.

1점대 평균 자책점을 달성한 투수는 단 3명.

그리고 그들 중 두 명이 올 시즌에도 1점대 평균 자책점을 유지하며 사이영 상에 도전장을 내놓은 상황이었다.

하지만 평균 자책점 부분의 1위는 여전히 박건호였다.

그것도 1점대 평균 자책점에 턱걸이 하고 있는 제이스 아리에타(1.96)와 역대 최고 수준의 평균 자책점 페이스를 유지 중인 슬레이튼 커쇼(1.70)를 여유롭게 따돌리고 있는 상황이었다.

그뿐만이 아니었다. 박건호는 운이 따라야 한다는 다승도 단독 1위(14승)였고 탈삼진 부분에서도 압도적으로 1위를 달리고 있었다(212개).

오죽했으면 같은 지구 구단에서 틈만 나면 박건호의 도핑 테스트를 해야 한다며 목소리를 높일 정도였다.

물론 올 시즌 스트라이크존이 더욱 넓어지면서 투고타저 현상의 덕을 톡톡히 보고 있다는 지적이 없지 않지만 후반기에 한두 경기 부진하다고 해서 박건호의 사이영 상 페이스가 완전히 무너질 리는 없을 거라는 의견들이 주를 이루었다.

"야, 너는 어떻게 생각하냐?"

"뭐가?"

"사이영 상 말이야. 누가 탈 거 같아?"

"그러는 너는 어떻게 생각하는데?"

"뭐가?"

"신인상 말이야. 내가 탈 거 같냐?"

"됐다. 말을 말자. 내가 너하고 무슨 말을 하겠냐."

"내가 할 소리. 네 녀석 자랑질은 이제 질리니까 그만 좀 해라."

박건호는 스스로가 사이영 상 후보가 됐다는 사실이 믿어지지 않았다.

투구 밸런스를 잡으면 작년보다 훨씬 좋은 피칭을 할 수 있을 거라던 조기하 감독과 하리모토 코치의 말을 가볍게 들은 건 아니지만 이 정도로 많은 게 달라질 줄은 꿈에도 생각하지 못했다.

그러나 안승혁은 박건호가 사이영 상을 받든 말든 신경 쓰지 않았다. 아니, 제 코가 석 자다 보니 신경을 쓸 겨를이 없었다.

박건호가 생애 첫 사이영 상을 바라보듯 안승혁도 생애 단 한 번밖에 수상하지 못한다는 신인왕을 노리고 있었다.

올스타로 선발되지 못했지만 안승혁의 성적은 신인들 중에서 눈에 띌 정도였다.

42경기에 출장해 26개의 안타를 때려냈다. 타율은 0.295 3할 타율이 아쉽게 무너졌지만 11개의 홈런을 때려내며 장타율을 0.705까지 높였다. 덕분에 OPS는 무려 1.031을 기록 중이었다.

여전히 타율에 비해 출루율이 저조(0.326)하긴 했지만 두 자리 수 홈런을 기록한 이후부터 모든 초점은 장타 능력에 집중됐다.

박건호도 더 이상 안승혁에게 인내를 가지라고 요구하지 않았다. 장타율이 떨어질 때를 대비해 출루율을 언급했는데 오히려 장타율을 더욱 끌어올렸으니 출루율을 신경 쓸 필요가 없어진 것이다.

"오스틴, 네 생각은 어때?"

"그래, 오스틴. 네가 말해봐."

서로 원하는 대답을 얻지 못하자 박건호와 안승혁이 동시에 오스틴 번을 바라봤다.

그러자 오스틴 번이 어처구니없다는 표정을 지었다.

"너희들, 나 놀리냐?"

"그럴 리가."

"우리가 널 왜 놀려?"

"젠장. 하나로도 모자라 이제 둘이서 세트로 난리네."

야스마니 그린과 치열한 주전 포수 경쟁 중인 오스틴 번이 미간을 찌푸렸다.

잘나가는 동료들과 친하게 지내는 건 좋은 일이지만 이럴 때 보면 자신을 전혀 배려하지 않는 것 같은 서운함마저 들었다.

물론 올 시즌 오스틴 번도 작년과는 비교할 수 없을 만큼 활약했다. 박건호에 이어 류현신과 야디에르 알베스의 파트너로 낙점이 됐다. 덕분에 선발 출장 빈도수는 야스마니 그린을 앞서고 있었다.

류현신은 지나치게 공격적인 리드를 하는 야스마니 그린보다 투수를 배려할 줄 아는 오스틴 번을 편한 상대로 여겼다.

야디에르 알베스는 박건호가 리그 최고의 투수 반열에 올라선 게 오스틴 번의 도움 때문이라고 여기고 야스마니 그린을 거부했다.

선발 출장이 늘어나면서 불펜 포수에서 밀릴지도 모른다는 부담감은 상당히 줄어들었다.

부담감이 줄어들자 타격 성적도 좋아졌다.

여전히 타율은 0.250에 미치지 못했지만 1할대 타율을 전전하던 작년에 비하면 장족의 발전이었다.

게다가 오스틴 번은 작전 수행 능력에 있어서도 합격점을 받았다. 야스마니 그린처럼 홈런을 뻥뻥 때려내는 재주는 없지만 필요할 때 번트나 진루타를 때려내 득점 기회를 이어주는 역할은 완벽하게 해냈다.

그래서 종종 저스트 터너를 대신해 2번 타순에 전진 배치되기도 했다.

만약 박건호가 없었다면, 오스틴 번은 올 시즌 다저스의 기량발전상을 한번 노려볼 만했다. 하지만 박건호가 괴물 같은 피칭을 이어가면서 오스틴 번은 일찌감치 기량발전상을 포기한 상태였다.

그런데 박건호로 모자라 안승혁이 트레이드되면서 오스틴 번은 스스로의 성장에 회의감이 들 정도였다.

하지만 박건호는 물론이고 안승혁도 오스틴 번의 존재감을 결코 가볍게 여기지 않았다.

"앓는 소리 마. 한숨을 쉬려면 야스마니 그린이 쉬어야지, 네가 왜 난리야?"

"그러게. 지난번에 얼핏 들어보니 야스마니 그린하고 마에다 케이타하고 한바탕 하고 있던데."

"마에다 케이타하고? 왜?"

"자세한 건 모르겠지만 뻔한 거 아냐?"

"뻔하다니?"

"눈치챘으면서 왜 이래? 마에다 케이타가 너하고 호흡을 맞추고 싶어 한다는 소리잖아."

"설마. 마에다 케이타는 입단 이후 줄곧 야스마니 그린하고 배터리를 이뤄왔다고."

"그거야 야스마니 그린이 주전 포수였으니까 그런 거지."

"그러고 보니까 나도 현신이 형한테 비슷한 이야기 들은 적 있어. 마에다 케이타가 오스틴, 너에 대해서 종종 물어본다고 하더라고."

"그, 그래?"

"올해는 잘 모르겠지만 내년 시즌부터 마에다 케이타의 공도 받게 될지 모르지. 그럼 슬레이튼 커쇼도 넘어올 테고."

"솔직히 슬레이튼 커쇼도 오스틴 너하고 같이 하고 싶을 거야. 의리가 밥 먹여주냐? 건호 봐. 너하고 배터리 해서 엄청나잖아? 그러니까 너도 자부심을 좀 가져. 건호가 사이영 상을 탄다면, 넌 사이영 상 포수가 되는 거니까."

"오호, 표현 좋은데? 사이영 상 포수."

"너희들……."

박건호와 안승혁의 위로에 오스틴 번은 자신도 모르게 눈시울을 붉히고 말았다.

박건호를 만나기 전까진 백업 포수 자리마저 위협받던 처지였는데 이제는 정말로 다저스의 주전 포수로 불릴 날이 머지않은 것만 같았다.

하지만 그 고마움은 오래가지 않았다.

"그러니까 말해봐. 누가 사이영 상을 탈 거 같은데?"

"그것보다 내가 신인왕 받을 수 있을 거 같아?"

"젠장. 여기 있는 내가 멍청이지."

옥신각신하는 박건호와 안승혁을 내버려 둔 채 오스틴 번은 그대로 박건호의 방을 나섰다.

그 모습을 우연찮게 목격한 야스마니 그린은 박건호와 오스틴 번이 틀어졌다고 생각하고 내심 박건호의 짝이 될 기대를 품었다.

같은 시각.

자카르타 아시안 대표 팀 최종 명단 발표를 앞두고 한국 야구 협회도 헛물을 켜고 있었다.

"이제 슬슬 박건호를 부를 때가 되지 않았습니까?"

대표 팀 감독으로 선임된 김인선 감독이 슬그머니 입을 열었다.

그러자 이선철 수석 코치가 공감하듯 고개를 끄덕였다.

"최종 엔트리 발표가 며칠 남지 않았습니다. 국민 대부분이 박건호의 합류를 원하고 있으니 다저스와 조율을 하는 게 좋을 것 같습니다."

박건호가 시즌 초 메이저리그 투수 랭킹 선두권으로 뛰어오르자 대다수 야구팬은 박건호의 국가대표 선발을 갈망했다.

라이벌 일본의 에이스 오타니 쇼헤를 꺾고 메이저리그 최고의 투수라는 슬레이튼 커쇼마저 극찬하게 만들고 있으니 대표 팀 선발은 당연하다는 분위기였다.

그 점에 대해 협회는 늘 긍정적으로 검토하겠다며 말을 아꼈다.

박건호의 경기력이 언제까지 유지될지 모르는 상황에서 무턱대고 대표 팀 발탁 이야기를 꺼낼 수는 없다고 판단한 것이다.

5월에 주춤했던 박건호가 6월에 다시 페이스를 끌어올리자 협회는 그제야 다저스 쪽에 공문을 보냈다. 그리고 박건호와 올 시즌 부활한 류현신의 대표 팀 합류를 허락해 달라고 요청했다.

당시 다저스는 선수들의 의견을 먼저 물어본 다음에 답을 주겠다며 협회만큼이나 유보적인 입장을 취했다.

그리고 다시 한 달여가 지났다.

자카르타 아시안 게임이 8월 24일 시작되는 만큼 더 늦기 전에 박건호의 합류를 공식화할 필요가 있었다.

"박건호의 에이전트와는 연락이 됐습니까?"

김인선 감독이 실무를 담당하는 강용석 팀장을 바라봤다.

그러자 강용석 팀장이 씩 웃으며 말했다.

"아직 연락은 하지 않았지만 아마 기대하고 있을 겁니다. 우리가 다저스에 공문을 보낸 것도 들었을 테고 예비 명단에 포함된 것도 알고 있을 테니까요."

국민적인 요구와는 달리 협회는 박건호에 매달리지 않겠다는 기존의 입장을 철저하게 고수했다.

이유는 간단했다.

박건호가 국내 프로 리그를 거치지 않고 곧바로 메이저리그에 진출했기 때문이다.

아시안 게임은 프로 야구 선수가 가장 쉽게 병역 문제를 해결할 수 있는 대회였다.

참가국도 많지 않을 뿐만 아니라 일본이 아마추어 선수들을 내보내면서 경쟁 국가도 대만밖에 없었다.

대만만 이기면 금메달을 목에 걸고 병역을 면제받을 수 있으니 국내외 모든 군미필 선수들이 아시안 게임에 목을 매는 상황이었다.

협회는 박건호도 당연히 아시안 게임에 참여하고 싶을 거라 여겼다.

하지만 메이저리그에서 잘나가고 있다는 이유만으로 박건호를 무작정 대표 팀에 승선시킬 생각은 눈곱만큼도 없었다.

물론 박건호가 합류하면 아시안 게임에서 우승할 확률은 확실히 높았다. 준결승, 혹은 결승전에서 만나게 될 대만을 박건호가 잡아준다면 일본이나 중국은 지금 전력으로도 충분히 넘을 수 있었다.

하지만 그렇게 해서 병역 면제를 받을 경우 박건호는 메이저리그에 전념할 가능성이 높았다.

박건호는 이제 19살이었다.

앞으로 최소 15년 이상은 대표 팀에 공헌할 수 있는 어린 선수였다.

게다가 실력은 한국 대표 팀의 에이스가 되기에 충분했다.

이번 대회 고사 의사를 밝힌 류현신도 자신의 전성기 때보다 열 배는 낮다며 박건호를 추켜세울 정도였다.

야구 전문가들은 박건호의 미래를 위해서라도 협회가 계산하지 말고 박건호를 대표 팀에 불러야 한다고 말했다. 그래서 메이저리그를 통해 국위선양할 수 있게 만들어줘야 한다고 주장했다.

그러나 협회의 생각은 달랐다.

2018년 자카르타 아시안 게임이 끝나면 2019년 프리미어 12가 기다리고 있다. 그다음은 2020년 도쿄 올림픽이다. 그리고 2021년에는 다시 WBC를 치르게 된다.

도쿄 올림픽 때 부활한 야구가 2024년 올림픽까지 유지될지는 장담하기 어렵지만 적어도 아시안 게임과 프리미어 12, WBC는 계속될 가능성이 높았다.

만약 박건호가 자발적으로 이들 대회에 합류해 준다면 협회는 최소 10년 정도 에이스 걱정 없이 좋은 성적을 기대할 수 있었다.

그러나 반대로 박건호가 이번 아시안 게임에서 병역 혜택을 받은 뒤 이런 저런 핑계로 대표 팀을 고사한다면 억지로 참여시킬 방법이 없었다.

본래 협회 내부의 입장은 박건호를 이번 아시안 게임에 불참시키는 것이었다.

핑계는 많았다. 나이, 경험 부족, 혹은 갑작스런 부상이나 기량 하락. 뭐든 걸리는 대로 깎아내릴 수 있었다.

세대교체가 이루어지면서 확실한 에이스가 없긴 했지만 한국 대표 팀의 전력은 아시안 게임 우승에 근접해 있었다.

박건호가 없더라도 한국 대표 팀이 우승에 실패할 가능성은 높지 않았다. 오히려 이번 대회를 놓쳐야 박건호를 프리미어 12나 WBC에 활용할 수 있다는 의견이 적지 않았다.

하지만 박건호가 올스타에 뽑힐 만큼 급성장하면서 상황이 달라졌다.

메이저리그 언론들은 박건호가 유력한 내셔널 리그 사이영 상 후보라고 말한다. 이대로만 가면 사이영 상을 탈 가능성이 충분하다고 전망했다.

그렇다고 특별히 운이 좋은 것도 아니었다.

디펜딩 챔피언 컵스의 에이스 제이스 아리에티부터 시작해 메이저리그 최고의 선발 투수라는 슬레이튼 커쇼, 자이언츠의 에이스 에디슨 범가너, 메츠의 영건 노아 선더가드에 이르기까지 박건호의 뒤를 추격하고 있는 후보군은 하나같이 쟁쟁했다.

게다가 다들 커리어를 통틀어 최고의 시즌을 보내고 있었다.

그런데도 사이영 상에 가장 앞서 있는 건 여전히 박건호였다.

이런 놀라운 활약을 펼치고 있는데 박건호를 대표 팀에 선발하지 않을 명분이 없었다.

"김 팀장, 지난번에 논의한 대로 진행하는 겁니까?"

"네, 감독님. 일단 박건호 에이전트 쪽에서 연락이 오면 자연스럽게 차기 대회 차출에 대해 협상을 할 예정입니다."

"내년 프리미어 12와 도쿄 올림픽은 꼭 확답을 받아야 합니다."

"걱정하지 마십시오, 감독님. 박건호가 감독님의 커리어에 확실한 도움이 될 수 있도록 잘 조치하겠습니다."

강용석 팀장은 자신만만했다.

대표 팀 최종 명단 발표는 이제 겨우 일주일밖에 남지 않았다. 최종 명단을 제출한 다음에는 박건호가 울며불며 매달린다고 해도 명단을 바꾸기 어려웠다.

최종 명단 발표일이 가까워지면 가까워질수록 똥줄이 타는 건 박건호와 그의 에이전트일 터. 강용석 팀장은 굳이 연락하지 않더라도 먼저 전화가 올 것이라 확신했다.

만약 그렇게 되면 강용석 팀장은 박건호에게 노예 계약을 내밀 생각이었다. 올해와 다음 2022년 아시안 게임 대표 팀 승선을 약속하는 대신 2030년까지는 대표 팀을 위해 힘써 달라고 말이다.

이면 계약에 포함시킬 대회는 12년간 총 8개. 올림픽에서 야구가 살아남을지 확신하기 어려운 걸 감안하면 거의 대부분의 국제대회에 참가할 수밖에 없었다.

그러나 대표 팀 최종 명단 발표일 사흘 전까지 박건호의 에이전트인 브라이언 최에게서는 아무런 연락이 없었다.

"젠장! 어디 한번 해보자 이거지?"

답답한 마음에 강용석은 다저스를 통해 문의를 집어넣었

다. 먼저 제안을 하는 건 자존심상 허락지 않았지만 다저스를 통해 다시 한번 차출 가능성을 문의한다면 박건호 측에서도 더는 뜸들이지 않을 거라 여겼다.

그런데 갑작스럽게 다저스가 박건호의 차출에 대해 제동을 걸었다.

사유는 명확했다.

"선수가 원하질 않습니다."

"뭐라고요?"

"건은 팀에 남아서 우승을 위해 노력하기로 했습니다."

"허……!"

강용석은 어처구니가 없었다. 병역 혜택을 위한 길이 코앞에 있는데 박건호가 차출을 거부했다는 게 믿기지가 않았다.

'보나마나 다저스가 일방적으로 붙잡는 거겠지. 그렇다면…….'

강용석은 협회와 친한 언론을 불러 모았다.

그리고 다저스가 박건호의 발목을 잡고 있다며 불만을 터뜨렸다.

―다저스, 박건호 아시안 게임 참가 불가 선언!

―다저스 비협조, 한국 아시안 게임 3연패 적신호!

언론들은 앞다투어 협회의 입장을 대변하는 기사를 내보냈다. 그러면서 박건호가 다저스 때문에 난처한 입장에 빠졌다고 보도했다.

그러자 국내 야구팬들이 발끈했다.

└다저스 뭔데?

└지난번에는 선수의 결정에 맡기겠다고 하지 않았냐?

└짜증이네. 박건호 없으면 무슨 재미로 아시안 게임 보라고?

└솔직히 박건호 없어도 우승을 못 하는 건 아냐. 하지만 이런 식이면 프리미어 12나 올림픽도 장담 못 하는 거잖아.

└맞아. 도쿄 올림픽은 7월 말인데 그때 보내 달라면 보내 주겠냐?

└진짜 협회 정떨어진다. 무슨 일을 이따위로 하는 거지?

일부 극성팬들은 다저스의 SNS 계정과 홈페이지를 테러했다. 그러자 참다못한 다저스가 대응에 나섰다.

박건호의 아시안 게임 차출 문제와 관련한 다저스의 입장을 알립니다.

1. 다저스는 박건호의 국가대표 차출을 불허한 적이 없습니

다. 아울러 협회 측과 박건호의 등판 이닝 등에 대한 세부적인 논의 역시 한 적이 없습니다.

2. 박건호는 협회 측으로부터 국가대표에 합류하라는 제안을 받은 적이 없습니다. 예비 명단에 포함되긴 했지만 예비 명단은 28명의 로스터 중 결원이 나왔을 때를 대비한 명단입니다. 또한 예비 명단 발표 시 박건호의 의사는 전혀 반영되지 않았습니다.

3. 박건호의 에이전트와 다저스는 올스타 브레이크 이전까지 구단과 아시안 게임에 대해 논의해 왔습니다. 그러나 후반기가 시작될 때까지 협회는 공식적으로 박건호의 국가대표 합류를 요청하지 않았습니다.

4. 다저스는 현재 내셔널 리그 서부 지구 1위에 올라 있습니다. 지금 상황에서는 포스트 시즌 진출이 유력합니다. 박건호는 다저스의 3선발로 다저스의 포스트 시즌 진출을 위해 최선을 다하겠다는 뜻을 밝혔습니다. 그리고 다저스는 박건호의 의견을 존중하기로 결정을 내렸습니다.

5. 최근에 박건호의 차출 가능 여부를 묻는 협회 측에 다저

스는 박건호의 입장을 정리해 전달했습니다. 그리고 협회는 아직까지 박건호를 국가대표로 선발하겠다는 뜻을 밝히지 않았습니다. 이상이 논란이 되고 있는 박건호의 아시안 게임 차출 문제에 대한 다저스의 입장입니다.

다저스 홈페이지에 장문의 반박글이 올라오자 여론은 순식간에 바뀌었다.

ㄴ그러니까 뭐야. 협회, 이 새끼들이 박건호 오란 소리도 안 하고 언플한 거야?

ㄴ그건 아닌 듯. 예비 명단에 포함시켰잖아.

ㄴ솔직히 예비 명단은 부상자 대비용이고. 예비 명단에 포함됐다고 무조건 국가대표가 된다는 소리는 아니지.

ㄴ야, 박건호라고. 실력으로 밀려서 예비 명단으로 빠진 선수들 말고 박건호 이야기하는 거라니까? 메이저리그 사이영 상 바라보고 있는 박건호 이야기하는 거라고! 그거 알고 떠드는 거야?

ㄴ미치겠다, 진짜. 그러니까 협회는 박건호한테 아무 말도 안 하고 예비 명단에 슬쩍 이름만 밀어 넣은 뒤에 올 테면 오라고 배짱 부렸다는 거잖아.

ㄴ와, 이게 사실이면 나 같아도 더럽고 치사해서 아시안 게임 불참한다.

ㄴ나도. 그깟 병역 혜택. 올림픽도 있고 그다음 아시안 게임도 있으니 급할 것도 없고

ㄴ여차하면 미국으로 귀화하면 그만이지.

ㄴ야, 진짜 여기서 그런 말은 하지 말자. 어떻게 얻은 에이스인데 귀화라니.

ㄴ웃기네들. 니들이 박건호 미국 갈 때 비행기 값 한 푼 보태준 적 있나? 그래놓고 무슨 이제 와서 에이스 타령이야?

ㄴ일단 협회와 박건호의 입장을 지켜보자고. 이것만 들어서는 좀 헷갈리니까.

ㄴ아니, 헷갈릴 건 전혀 없다고 봐. 하지만 협회가 뭐라고 떠들지 들어는 봐야겠다.

야구팬들의 비난이 몰려들자 협회는 부랴부랴 변명을 늘어놓았다.

"박건호 선수에게 국가대표 합류를 공식 요청하지 않았다는 건 잘못된 정보입니다. 협회는 다양한 채널을 통해 박건호 선수의 국가대표 합류를 요구했습니다. 다저스에 두 차례나 박건호 선수의 차출 문제를 문의한 것도 같은 맥락입니다. 그리고 이미 예비 명단에 박건호 선수의 이름이 올라와 있습니다. 이처럼 증거가 있는데 협회가 박건호 선수의 선발에 미온적으로 대처했다는 지적은 받아들이기 어렵습니다."

협회는 뻔한 거짓말로 야구팬들을 달래려 했다.

그러면서 박건호의 에이전트인 브라이언 최에게 연락을 취했다.

"지금 뭐하자는 겁니까?"

"그게 무슨 말씀이신지요?"

"이런 식으로 일처리 할 겁니까? 박건호 평생 국가대표 안 시킬 거예요?"

"지금 국가대표 차출 문제로 협박하시는 겁니까?"

"협박이라니! 말조심해요! 지금 당신들이야말로 다저스 앞세워서 야구팬들 선동하고 있잖소!"

"저희는 그런 적 없습니다. 그리고 공식 공문은 물론이거니와 그 누구에게도 박건호 선수의 국가대표 차출에 대한 협회의 의견을 들은 적 없습니다."

"정말 이럴 거요? 류현신 선수가 옆에서 대표 팀 해보라고 말했다던데 그건 왜 빼는 거요?"

"하아……. 같은 다저스 동료 선수가 권유하는 것과 협회 측에서 제대로 된 요청을 하는 게 같습니까?"

"아무튼 지금 당장 정정 인터뷰해요. 대표 팀에 합류할 생각이 없다면 적어도 협회의 제안을 고사했다라고 말이라도 하라고요!"

"알겠습니다. 그럼 인터뷰만 하면 되는 거죠?"

브라이언 최는 협회의 요구대로 박건호의 입장을 정리해 발표했다.

"선수 개인적으로 국가대표 만큼 영광스러운 자리는 없을 겁니다. 박건호 선수 역시 국가대표로 선발되기 위해 올 시즌 최선을 다했고 그 덕분에 좋은 결과를 만들어낼 수 있었습니다. 하지만 손뼉도 마주쳐야 소리가 나는 법입니다. 상대가 손바닥을 내밀어주지 않으면 손뼉을 부딪칠 수도 없습니다. 그렇다고 박건호 선수가 먼저 협회 측에 대표 팀 승선 문제를 논의하자고 말하기도 어려운 상황입니다. 아시다시피 박건호 선수는 고등학교 졸업 이후 곧바로 메이저리그에 진출했습니다. 협회 내부에 박건호 선수와 끈이 닿아 있는 사람들조차 없는 실정입니다. 그래서 다저스를 설득해 협회의 연락을 기다렸습니다만 올스타 브레이크가 끝날 때까지 단 한 통의 전화조차 받지 못했습니다. 그래서 박건호 선수도 부득이하게 시즌에 전념하겠다는 뜻을 밝힌 겁니다."

브라이언 최가 모든 걸 털어놓자 협회를 향한 비난 여론은 더욱 거세졌다.

뒷이야기로 협회가 브라이언 최를 협박했다는 소문까지 나돌면서 협회는 이러지도 저러지도 못하는 상황이 됐다.

궁지에 몰린 협회는 대표 팀 주장인 오승완을 통해 박건호를 설득하려 했다.

하지만 오승완이 제안을 거부하면서 결국 모든 책임을 뒤집어쓰게 됐다.

−아시안 게임 최종 명단 제출. 박건호, 결국 아시안 게임 불참.

−협회가 문제다. 야구팬들 실망감 커져.

−김인선 감독, 박건호 없더라도 최고의 결과 만들겠다고 밝혀.

−대표 팀 분위기 침울. 협회가 아무런 도움이 되지 않는다는 내부 목소리 높아.

언론들은 앞다투어 협회를 비난했다.

협회의 편에 서서 편파적인 보도를 하던 기자들조차 이래서는 안 된다며 목소리를 높였다.

반면 다저스 팬들은 박건호의 아시안 게임 불참 소식에 기쁨을 감추지 못했다.

ㄴ그러니까 건이 아시안 게임에 나가지 않는다는 거지?

ㄴ그래, 이제 8월 걱정은 안 해도 된다고.

ㄴ정말 다행이야. 솔직히 3주 정도라고는 하지만 건이 없는

다저스는 상상하기도 싫었거든

└9월에 로스터가 확대되더라도 건의 빈자리를 채우는 건 불가능한 일이었어.

└그런데 건은 어떻게 되는 거야?

└뭘 어떻게 돼? 다음번에 대표 팀에 합류하면 되는 거지.

└그게 말처럼 쉬울까? 협회의 눈 밖에 나면 국가대표를 평생 못 하게 되는 거 아냐?

└그럼 더 좋지. 우린 늘 건강한 건을 볼 수 있을 테니까.

└이 멍청아, 한국은 분단국가라고. 건이 국가대표로 발탁되어 좋은 성적을 내지 못하면 군대를 가야 해!

└뭐야? 그런 거였어?

└그래, 건이 이번에 아시안 게임에 나가면 한국이 금메달을 딸 가능성이 높았다고. 그럼 병역 문제가 해결이 되는데 아시안 게임을 포기해 버렸잖아.

└자, 잠깐! 다음번 아시안 게임은 언제야? 내년? 내후년?

└아니, 4년. 올림픽하고 똑같아.

└4년은 너무 긴데? 설마 건이 그전에 군대에 가야 하는 건 아니겠지?

└걱정하지 마. 도쿄 올림픽에서 동메달 이상만 따도 병역 문제는 해결이 가능하니까.

└그런데 도쿄 올림픽에 나간다 해도 걱정이야. 일정이 7월

부터라고.

　┗그건 그때 가서 생각하자. 난 올해 다저스의 우승을 꼭 봐야겠으니까.

　반면 다저스 수뇌부는 박건호의 잔류가 마냥 반갑지가 않았다.

　"이거 웃어야 할지 울어야 할지 모르겠군."

　알렉스 인터폴리스 부사장이 무겁게 한숨을 내쉬었다.

　박건호가 아시안 게임을 포기해 준 덕분에 다저스의 월드시리즈 우승 전망이 한층 밝아졌다지만 그에 따른 출혈을 생각하면 벌써부터 머리가 지끈거려왔다.

　"건이 슈퍼 2 조항에 포함되는 건 기정사실이겠지?"

　알렉스 인터폴리스 부사장이 세런 테일러를 바라봤다.

　그러자 세런 테일러가 씁쓸히 웃으며 고개를 끄덕였다.

　"알렉스, 건이 내년에도 건강한 모습으로 한 시즌을 소화하길 바라죠?"

　"그야 물론이지."

　"그럼 마음을 비워요. 아니면 올해 대형 계약을 준비하든지요."

　슈퍼 2 조항은 2년 이상의 서비스 타임을 확보한 선수들에게 주어지는 일종의 특혜다.

3년 차 선수들 중 상위 22퍼센트에게만 적용되는 룰로 일반 적으로 2년 128일부터 145일 사이에서 슈퍼 2 적용자들이 갈리는 경우가 많았다(1시즌 172일).

지난해 5월에 메이저리그에 올라 온 박건호는 슈퍼 2 적용 대상자가 될 가능성이 높았다.

그래서 다저스는 내심 박건호가 아시안 게임에 나가주길 바랐다. 아시안 게임을 통해 병역 문제를 해결하고 덩달아 슈퍼 2 조항에서 제외될 수만 있다면 다저스가 손해 볼 일은 아무것도 없었다.

하지만 박건호가 아시안 게임을 포기하면서 상황이 달라 졌다.

특별한 부상이 없는 한 박건호는 올 시즌 풀타임을 소화할 것이다. 그리고 내년 시즌 역시 대부분의 시간을 메이저리그 에서 머물게 될 것이다.

이 경우 박건호의 슈퍼 2 적용은 확정적이라고 봐도 무방했 다. 박건호가 큰 부상을 당해 아예 전력에서 이탈한다면 모르 겠지만 그런 불상사가 없다면 내년 시즌 이후 다저스는 박건 호의 에이전트와 연봉 조정에 들어가야만 했다.

"올 시즌에 누가 사이영 상을 받을까?"

"글쎄요. 아직까지는 경쟁이 치열해서 확답하기는 어렵겠 지만…… 지금 분위기대로라면 건이 조금 더 유리하지 않을까요?"

"그럼 내년에는? 내년에도 건이 사이영 상을 받을 수 있을 까? 아니, 사이영 상급 투구를 이어갈 수 있을까?"

"지금 건의 활약이 일시적일지를 물어보는 거예요?"

"어느 쪽이든. 대답부터 해봐."

알렉스 인터폴리스 부사장은 박건호에 대한 세런 테일러의 평가가 궁금했다.

세런 테일러는 박건호를 양질의 투수로 인정하고 있었다.

하지만 5월까지만 해도 박건호가 슬레이튼 커쇼를 대체할 수 있을 거라는 점에 대해서는 다소 이견을 보였다.

박건호의 재능은 높이 평가하지만 슬레이튼 커쇼를 대신해 에이스가 되기까지는 적어도 3년 이상의 시간이 필요할 것이 라고 전망했다.

반면 알렉스 인터폴리스 부사장은 박건호의 상승세가 결코 일시적인 현상은 아닐 거라고 확신했다. 그리고 그런 예상은 정확하게 맞아 떨어졌다.

지금 이 분위기대로라면 박건호가 슬레이튼 커쇼를 추월하 는 건 시간 문제였다.

에이스에 대한 예우 차원에서 슬레이튼 커쇼에게 내년 시 즌 1선발 자리를 줄 수 있을지는 모르겠지만 내후년은 다저스 선발진에 지각변동이 일어날 가능성이 높았다.

알렉스 인터폴리스 부사장은 박건호에 대한 자신의 평가가 얼마나 객관적인지 알고 싶었다.

"세런."

알렉스 인터폴리스 부사장이 재촉하듯 말했다.

그러자 세런 테일러가 나직이 한숨을 내쉬었다.

"난 이런 식으로 예측을 하는 걸 싫어해요. 알렉스도 잘 알 잖아요."

"알지. 그래서 세런을 내 옆에 두는 거고."

"하아……. 지금 건에 대해서 이야기를 한다면 지나치게 긍정적인 평가가 나올 수밖에 없다고요. 그건 현실적인 분석과 동떨어질 수밖에 없어요."

"그러니까 말해봐. 내년의 건, 올해만큼 던질 수 있을까?"

"그전에, 내 대답을 참고용으로만 받아들이겠다고 약속해 줘요."

"물론. 그렇게 하지."

세런 테일러는 잠시 창밖을 바라봤다. 그리고 2분여쯤, 생각에 빠졌다가 조심스럽게 입을 열었다.

"가능성은 높아요."

"높아? 그러니까 건이 내년에도 올해만큼의 활약을 할 가능성이 높다 이거지?"

"지금까지의 데이터대로라면 그래요."

"정확하게 얼마야? 50퍼센트? 60퍼센트?"

알렉스 인터폴리스 부사장이 신이 나서 떠들어 댔다. 50퍼센트만 되어도 반반이었다. 그 정도면 충분히 도박을 걸어볼 만하다고 여겼다.

그러나 세런 테일러의 예측은 알렉스 인터폴리스 부사장의 예상을 훌쩍 뛰어넘었다.

"70퍼센트요."

"뭐? 그렇게나 높아?"

"그러니까 참고 의견이라고요."

"알았어. 좋아. 그렇다면 건이 올해보다 못할 가능성은 30퍼센트 수준이라는 거지?"

알렉스 인터폴리스 부사장이 만족스러운 표정을 지었다.

7 대 3이면 못할 가능성보다 올해만큼 할 가능성이 2배 이상 많다는 소리였다. 다른 사람도 아니고 선수들을 데이터 자체로만 평가하는 세런 테일러의 의견이니 충분히 신뢰할 만한 수준이었다.

그러나 세런 테일러는 박건호가 올해보다 못할 가능성이 30퍼센트라고 말 한 적이 없었다.

"아니요."

"응? 아니야? 뭐야, 70퍼센트가 아니야?"

"그게 아니라…… 건이 올해보다 부진할 가능성은 20퍼센트 정도예요.”

“그럼? 10퍼센트가 비잖아.”

“알렉스의 질문은 건이 올해와 비슷한 성적을 거둘 가능성 아니었어요?”

“허……! 그러니까 뭐야? 건이 올해보다 잘할 가능성도 10 퍼센트나 된다고?”

알렉스 인터폴리스 부사장이 눈을 똥그랗게 떴다.

전반기 동안 슬레이튼 커쇼를 제치고 사이영 상의 유력 후보가 된 것만으로도 기가 찰 노릇인데 그보다 더 잘할 수 있다면…… 그건 메이저리그의 전설급 선수가 될 가능성이 있다는 소리였다.

그러자 세런 테일러가 단호하게 말을 이었다.

“아까 말했듯, 참고용 의견이에요. 그러니까 확대해석 하지 말아요.”

5월까지만 해도 세런 테일러는 박건호의 상승세가 일시적일지도 모른다고 여겼다.

하지만 6월과 7월 초, 7경기에서 꾸준한 성적을 내는 것을 보고 판단을 바꿨다. 4월의 상승세가 일시적인 게 아니라 5월의 부진이 일시적이었다는 쪽으로 말이다.

현재 대다수의 전문가는 부상만 없다면 박건호가 최고의 시즌을 보낼 거라고 전망하고 있다. 그 점에 대해 세런 테일러도 전적으로 공감했다.

하지만 박건호가 다시는 올 시즌 같은 페이스를 유지하지 못할 거라는 의견에는 반대했다.

박건호는 이제 겨우 19살이었다. 그리고 아직 메이저리그 2년 차였다. 다른 선수들보다 잠재력이 일찍 폭발했다 하더라도 성장할 가능성은 얼마든지 있었다.

구속과 무브먼트가 증가하지 않을지는 모르겠지만 경험이 쌓이면 그 자체만으로도 충분한 무기가 될 수 있었다.

슬레이튼 커쇼를 리그 최고의 투수로 만든 건 구속이 아니었다.

오히려 평균 구속은 매해 조금씩 떨어지고 있지만 축적된 경험과 에이스의 책임감이 리그 최고 투수 자리를 유지하게 만들어주었다.

박건호가 이대로만 성장한다면 다저스는 또 하나의 슬레이튼 커쇼를 가지게 될지 몰랐다. 그리고 기대치보다 조금만 더 성장해 준다면…… 다저스 역사상 최고의 투수는 박건호가 될 가능성이 높았다.

하지만 세런 테일러는 이 같은 예상들을 입 밖에 내지 않았다. 박건호와 장기 계약을 코앞에 둔 상황에서 자신의 희망적인 예측이 과잉 투자로 이어질 수도 있기 때문이었다.

그러나 알렉스 인터폴리스 부사장은 세런 테일러가 말하지 않으려 했던 그 10퍼센트에 완전히 넘어가 버렸다.

올해보다 내년에 더 좋은 성적을 거둘 가능성.

그건 박건호가 아직도 성장 중이라는 소리나 다름없었다.

"건의 에이전트는 아직도 브라이언인가?"

"네, 맞아요. 브라이언 초이."

"그 친구, 지금 담당하고 있는 선수가 둘뿐이지? 건하고 안. 코리안 듀오."

"정확하게는 세 명이에요."

"세 명? 금세 한 명 늘었나?"

"오스틴 번이 얼마 전에 브라이언 초이와 계약했다고 해요."

"오스틴 번이?"

알렉스 인터폴리스 부사장이 의외라는 표정을 지었다.

브라이언 최가 박건호와 안승혁의 에이전트를 맡은 건 순전히 국적이 같아서라고 생각했는데 오스틴 번과 추가 계약했다면 이야기가 달라질 수밖에 없었다.

"그 친구 어때?"

"지난번 계약 때 보셨잖아요."

"봤지. 그땐 별다른 느낌이 없었거든. 특별히 까다롭지도 않고. 요구 사항이 과하지도 않고."

알렉스 인터폴리스 부사장은 박건호의 계약을 진행했던 연초를 떠올렸다.

최저 연봉 수준에서 60만 달러로 몇 만 달러 올린, 메이저 리그 기준에서는 푼돈과 다름없는 계약이었지만 상대가 박건호였기 때문에 알렉스 인터폴리스 부사장이 직접 나섰다.

그리고 별다른 이견 없이 박건호의 에이전트인 브라이언 최와 계약을 마쳤다.

그때 브라이언 최에 대한 기억은 에이전트 치고 덩치가 좋다는 것뿐이었다.

하지만 바로 옆자리에 앉아 있던 세런 테일러의 생각은 달랐다.

"그래요? 저는 다르게 봤는데요."

"그래? 어땠는데?"

"알렉스가 내놓은 자료들을 비교적 정확하게 알고 있었어요. 그리고 중간에 알렉스가 숫자를 실수했을 때 살짝 웃는 모습을 보였고요."

"그랬어? 그런데 왜 가만히 있었던 거지?"

"그야 어차피 최저 연봉 수준의 계약일 게 뻔하니까요. 굳이 먼저 우리를 경계하도록 만들 필요가 없잖아요."

"흠, 그래? 그렇다면 만만치 않겠는걸?"

"그래도 스콧 보라스 같은 악마보다는 훨씬 낫지 않을까요?"

"하긴 그래. 스콧 보라스, 그 인간하고는 가급적 얼굴을 마주하고 싶지 않으니까."

"그래서 걱정이에요."

"응? 그건 또 무슨 소리야?"

"최근에 스콧 보라스가 건을 노린다는 소문이 있거든요."

"뭐? 그게 정말이야?"

스콧 보라스는 메이저리그 최고의 에이전트 중 한 명이었다. 게다가 한국인 메이저리그들과도 인연이 깊었다. 박찬오와 추신우의 대형 FA 계약을 주도하기도 했다.

만약 스콧 보라스가 한국인 선수들과의 인연을 바탕으로 박건호에게 접근한다면 에이전트가 바뀌게 될지도 몰랐다.

"확실하게 알아봐! 만약에 그럴 기미가 보인다면 지금부터라도 협상에 임해야 한다고!"

알렉스 인터폴리스 부사장이 구단이 망하기라도 한 것처럼 호들갑을 떨었다.

하지만 다행히도 박건호와 계약해 세계 최고의 에이전트 자리를 굳히겠다던 스콧 보라스의 계획은 난항에 부딪친 상태였다.

"그러니까 왜 싫다는 겁니까?"

"귀찮으니까요."

"허, 귀찮다니! 이봐요, 건! 계약은 장난이 아닙니다. 분명이번 시즌이 끝나면 다저스는 건에게 기껏해야 천만 달러 수준의 장기 계약을 내밀며 생색을 낼 게 뻔합니다. 하지만 내가 나서면 달라요. 난 건에게 최소 2천만 달러 이상의 계약을 안겨줄 수 있다고요!"

스콧 보라스가 눈을 부릅떴다.

지금껏 돈만 밝힌다는 부정적인 이미지 때문에 거부감을 보이는 선수는 적잖게 봐왔지만 고작 귀찮다는 이유로 퇴짜를 맞긴 처음이었다.

하지만 박건호는 굳이 잘하고 있는 브라이언 최를 바꿀 생각이 없었다. 게다가 박건호는 스콧 보라스의 마법이 필요하지 않았다. 실력만으로 충분히 인정받을 수 있는데 괜히 구단과 힘 싸움을 즐기는 스콧 보라스에게 일을 맡길 필요가 없었다.

"마음은 고맙지만 사양할게요."

"건!"

"그래도 혹시 모르니까 명함은 한 장 두고 가세요."

"후우……. 자, 여기 있습니다. 아마도 생각할 시간이 필요한 모양인데 일단은 기다리죠. 하지만 오래 기다리진 않겠습니다. 명심해요. 지금이 기회라는 것을!"

스콧 보라스가 단단히 으름장을 놓았다.

박건호는 그 모습이 마치 올해가 아니면 좋은 계약을 받을 수 없다고 단언하는 것처럼 느껴졌다.

"나 참. 나에 대해서 아무것도 모르면서 큰소리는."

멀어지는 스콧 보라스를 보며 박건호는 코웃음을 쳤다.

싫다는데도 몇 번이고 만나자고 요청을 해서 마지못해 시간을 내긴 했는데 결과적으로는 시간 낭비였다.

자신을 잘 포장해서 팔아먹어보겠다는 속셈이 가득한 장사꾼의 헛소리를 듣느라 아까운 시간만 허비하고 말았다.

"그래도 스콧 보라스까지 오다니. 내가 잘나가긴 잘나가나 봐."

박건호는 슬그머니 자리에서 일어났다. 그리고 아무 일도 없었던 것처럼 방으로 올랐다.

하지만 먼발치에서 그 모습을 지켜보는 이들은 그 모습이 달리 보였다.

"뭐지? 방금 건이 은밀하게 뭔가를 주고받은 거 같은데?"

"분명 있어. 뭔가 있다고."

박건호가 스콧 보라스를 만났다는 사실이 빠르게 퍼져 나갔다.

그리고 얼마 지나지 않아 기사까지 등장했다.

스콧 보라스. 슈퍼 루키 박건호 영입하나!

초대형 계약 눈 앞! 스콧 보라스, 박건호를 노린다!

언론이 집중되자 스콧 보라스는 아직 결정된 건 아무것도 없다며 한발 뺐다. 그러면서도 박건호와 함께할 수 있다면 기쁠 거라며 기대감을 숨기지 않았다.

박건호의 에이전트인 브라이언 최는 스콧 보라스와 관련한 대답을 최대한 삼갔다.

"그 점에 대해서는 제가 드릴 말씀이 없습니다."

언론은 박건호가 원하면 브라이언 최와의 에이전트 계약은 언제든 해지될 수 있다며 박건호가 스콧 보라스의 최고 고객이 될 날이 머지않았다고 전망했다. 그러자 다저스 팬들이 불같이 들고 일어났다.

ㄴ다저스 멍청이들아! 뭘 하는 거야! 스콧 보라스가 끼어들기 전에 빨리 장기 계약을 맺으라고!

ㄴ1억, 아니, 2억 달러를 줘도 상관없어! 건이 돈 몇 푼에 다른 팀으로 팔려가는 꼴은 보고 싶지 않다고!

스콧 보라스의 악명은 메이저리그에서도 유명했다.

지나치게 장기 계약을 요구해 선수들의 몸값 거품을 주도해 왔기 때문이다.

비록 지금은 명성이 예전만 못하다지만 만에 하나 스콧 보라스가 박건호를 손에 넣는다면?

아마 메이저리그 최고액 계약을 갈아치울지도 몰랐다.

"건은 내년 시즌 슈퍼 2 조항의 적용을 받을 가능성이 높습니다. 다저스 입장에서는 올해 어떻게든 건을 장기 계약으로 묶어둘 필요가 있습니다."

"건은 이제 2년 차입니다. 그래서 다저스는 슈퍼 2 조항에 적용을 받는 내년 이후에 건과 장기 계약을 해도 문제될 게 없다는 입장이었죠."

"하지만 상황이 바뀌었습니다. 작년에 11승을 올렸고 올해도 벌써 14승을 거두었습니다. 그것도 전반기 동안 말이죠."

"2년간 25승이라면 슬레이튼 커쇼보다도 나은 성적입니다. 열아홉에 데뷔한 슬레이튼 커쇼가 3년간 거둬들인 승수가 26승입니다. 그리고 건은 후반기를 남겨놓은 시점에서 고작 2년 만에 그 기록을 거의 따라잡았죠."

"데뷔 시즌이 5월 말부터 시작했고 선발은 6월이었으니 실질적인 기간은 더욱 짧아질 테죠."

"문제는 건에게 얼마나 많은 돈을 안겨주어야 하느냐는 점이겠죠."

"작년에 건의 장기 계약 가능성에 대해 언급한 적이 있었죠. 그때는 연평균 800만 달러에서 1,000만 달러 정도가 유력했습니다. 6년 계약 정도로 말이죠. 하지만 그건 건이 2년 차

징크스를 겪어서 시즌 10승 정도의 성적을 거둔다는 가정 하에 내린 결론입니다. 지금하고는 상황이 완전히 다를 수밖에 없습니다."

"슬레이튼 커쇼가 2011년 21승 5패, 평균 자책점 2.28로 내셔널 리그 사이영 상을 수상합니다. 그리고 2012년에 받은 연봉이 750만 달러죠."

"이 추세대로라면 건의 20승 돌파는 무난해 보입니다. 또한 생애 첫 사이영 상 수상 가능성도 충분해 보이고요."

"지금까지의 성적만 놓고 보자면 2011년의 슬레이튼 커쇼를 뛰어넘을 가능성이 높습니다. 게다가 건은 슬레이튼 커쇼보다 어리죠. 2011년의 슬레이튼 커쇼는 만 스물둘이었지만 2018년의 박건호는 고작 열아홉입니다. 그 차이를 감안하자면 2천만 달러를 줘도 아깝지 않을 것 같습니다."

박건호의 계약 문제는 전문가들 사이에 뜨거운 화두였다.

심지어는 박건호가 어느 정도의 계약을 맺느냐에 따라 FA 시장의 분위기가 달라질 거라는 의견마저 나왔다.

"좋아, 좋아. 쭉쭉 올라가라고."

박건호는 하루가 다르게 치솟는 자신의 몸값이 싫지 않았다. 도리어 반가울 정도였다.

메이저리그에서 실력은 곧 돈으로 직결되는 법이었다. 많은 몸값은 그만큼 실력이 있다는 의미였다.

하지만 경기에서는 철저하게 냉정해지려 애썼다. 남들은 2년 차에 모든 걸 다 이루었다고 말하지만 박건호가 가고자 하는 길은 아직도 끝이 보이지 않았다.

다저스의 후반기는 내셔널스 원정으로 시작됐다.

모렐 허샤이저 감독은 첫 경기에 4선발 투수인 류현신을 투입했다.

전반기 류현신의 성적은 7승 4패. 전성기 때만큼은 아니지만 전반기를 버티지 못하고 부상자 명단에 오를 거라던 혹평은 충분히 이겨낸 모습이었다.

올스타 브레이크에서 충분한 휴식을 취한 덕분인지 류현신은 6이닝 동안 2실점을 하며 팀을 승리로 이끌었다. 비록 2 대 2 동점 상황에서 마운드를 내려와 승패를 기록하지는 못했지만 주요 언론들로부터 견고한 4선발이라는 찬사를 들었다.

류현신에 이어 2차전 선발 등판한 야디에르 알베스도 한층 차분해진 투구로 모렐 허사이져 감독을 미소 짓게 만들었다.

6이닝 2실점. 두 개의 피홈런을 허용한 게 아쉽긴 했지만 그 외에는 나무랄 데가 없는 피칭이었다.

그러나 전날 내셔널스 타선을 꽁꽁 틀어막았던 불펜이 흔들리면서 경기는 내셔널스가 가져가고 말았다.

1승 1패. 위닝 시리즈의 향방이 걸린 3차전에 모렐 허샤이 저 감독은 에이스 슬레이튼 커쇼를 투입했다.

　그리고 슬레이튼 커쇼는 8이닝 동안 2실점 호투를 펼치며 내셔널 리그 동부 지구 1위였던 내셔널스를 2위로 끌어 내렸다.

　내셔널스와의 3연전을 마친 다저스는 곧바로 애틀랜타로 이동했다. 그리고 내셔널 리그 동부 지구 최약체로 분류되는 브레이브스와의 3연전에 돌입했다.

　오랜만에 마운드에 오른 마에다 케이타는 야스마니 그린을 대신해 오스틴 번과 호흡을 맞춰 7이닝 2피안타 1실점으로 시즌 9승째를 챙겼다.

　올 시즌 가장 좋은 피칭에 고무되어서일까.

　마에다 케이타는 승리의 영광을 전부 오스틴 번에게 돌렸다.

　다음 날 마운드에 오른 박건호는 8이닝 2실점으로 내셔널 리그 투수들 중 가장 먼저 15승을 챙겼다.

　8회 실투가 홈런으로 이어지면서 평균 자책점이 다소 높아지긴 했지만(1.41) 오히려 전문가들은 후반기 첫 스타트를 깔끔하게 끊은 박건호가 사이영 상 경쟁에서 앞서가기 시작했다고 평가했다.

　류현신의 호투 속에 브레이브스 원정을 싹쓸이한 다저스는 뉴욕으로 자리를 옮겨 내셔널 리그 동부 지구 선두로 올라선 메츠와의 4연전에 들어갔다.

전문가들은 이번 4연전이 내셔널 리그 동부 지구 순위 경쟁에 중요한 전환점이 될 것이라고 전망했다. 다저스가 자랑하는 슬레이튼 커쇼와 박건호가 전부 등판하는 만큼 메츠의 1위 수성이 쉽지 않을 것이라고 예상한 것이다.

하지만 메츠는 야디에르 알베스의 제구 난조를 틈타 첫 경기를 잡아냈다. 그리고 다음 날 에이스 노아 선더가드를 앞세워 슬레이튼 커쇼까지 꺾어버렸다.

2승 2패면 본전이라던 뉴욕 언론들은 앞다투어 메츠의 위닝 시리즈를 예상했다. 박건호라면 몰라도 마에다 케이타는 충분히 해볼 만한 상대라고 판단한 것이다.

그러나 오스틴 번과 호흡을 맞춘 이후 마에다 케이타는 무섭게 돌변했다. 다소 과도했던 유인구 승부를 버리고 다양한 구종을 앞세운 공격적인 피칭으로 메츠 타자들을 단 5안타로 묶어버린 것이다.

마에다 케이타의 승리로 분위기를 전환시킨 다저스는 마지막 날 박건호를 내세워 시리즈의 균형을 맞췄다.

박건호는 7이닝동안 5피안타를 허용하며 2점을 내줬지만 한 경기 최다인 15개의 탈삼진을 잡아내며 압도적인 피칭을 이어 나갔다.

지옥의 원정 10연전을 7승 3패로 마친 다저스는 66승 31패를 기록, 지구 2위인 자이언츠를 8경기 차이로 따돌리고 지구 선두를 질주했다.

그리고 홈 5연전을 4승 1패로 마치며 메이저리그 30개 구단 가운데 가장 먼저 70승 고지를 점령했다.

에인젤스와의 홈 3연전 마지막 경기에 선발 등판한 박건호는 9이닝 2피안타 무실점으로 생애 첫 완봉승을 따냈다.

안승혁도 친정 팀인 에인젤스를 상대로 좌익수로 선발 출장해 홈런 포함 3안타 3타점을 올리며 다저스의 시리즈 스윕을 도왔다.

7월 4경기에 등판해 4승, 평균 자책점 1.50을 기록한 박건호는 내셔널 리그 7월의 선수에 선정됐다.

슬레이튼 커쇼도 4경기 2승 1패, 평균 자책점 1.54로 선전했지만 박건호의 기세를 당해내지 못했다.

전문가들도 이제 사이영 상 전쟁은 끝이 보인다고 말했다.

그러나 슬레이튼 커쇼는 이제부터가 시작이라며 8월 대 반격을 시작했다.

내셔널스전 8이닝 무실점 승리

레즈전 8이닝 1실점 승리

애스트로스전(원정) 7이닝 1실점 승리

컵스전 7이닝 1실점

슬레이튼 커쇼는 8월 4경기에서 3승, 평균 자책점 0.90을 기록하며 박건호를 바짝 추격했다.

반면 박건호의 8월은 고단했다.

파이어리츠전(원정) 7이닝 2실점
레즈전 7이닝 2실점 패배
어슬레틱스전(원정) 7이닝 2실점 승리
레즈전 8이닝 2실점 승리

4월에 내셔널 리그 이달의 MVP를 수상하기가 무섭게 부진했던 5월을 재현하듯 4경기에서 2승 1패, 평균 자책점 2.17로 페이스가 떨어지는 모습을 보였다.

그 결과 여유롭던 평균 자책점도 점점 좁혀졌다.

7월까지 1.39를 기록했던 박건호의 평균 자책점은 1.51까지 치솟았다.

반면 슬레이튼 커쇼는 1.70이었던 전반기 평균 자책점을 1.58까지 낮췄다.

평균 자책점의 차이는 고작 0.07.

다음 경기 결과에 따라 박건호가 독주하던 내셔널 리그 평균 자책점 부분 순위가 뒤바뀔 수 있는 가능성이 생겨 버린 것이다.

"건! 정신 차려. 요즘 들어서 자꾸 어깨에 힘이 들어간다고."

오스틴 번은 최근 들어 박건호의 공이 높아지고 있다고 지적했다. 그러면서 무리하게 빠른 공을 던지기보다는 밸런스에 집중하는 게 낫겠다고 조언했다.

"후우……."

박건호는 마지못해 고개를 주억거렸다.

104mile/h(≒167.3㎞/h)의 벽을 넘고 싶다는 욕심에 스트라이드의 폭을 넓힌 게 아무래도 독으로 작용한 것 같았다.

"다음 경기가 자이언츠인 건 알고 있지?"

"그래."

"자이언츠와 겨우 4경기차밖에 나지 않아. 네가 첫 경기를 잡아주지 못하면 자이언츠와의 경기 차이가 더 좁혀질 수도 있어."

오스틴 번은 다저스의 미래의 에이스로서 박건호가 자이언츠의 분위기를 끊어주어야 한다고 말했다.

7월 말 8경기 차이로 벌어졌던 자이언츠와의 격차는 어느새 4경기 차로 줄어들어 있었다.

다저스가 8월에 11승 10패(승률 0.524)로 고전한 사이 자이언츠는 연승 행진을 이어가며 다저스를 바짝 따라붙었다.

8월 성적 15승 6패.

승률은 무려 0.714.

샌프란시스코 언론들은 벌써부터 자이언츠가 후반기 대반격을 이뤄낼지도 모른다며 잔뜩 들떠 있었다.

반면 LA 언론은 불안함을 감추지 못했다. 이번 시리즈의 선발 로테이션이 박건호-류현신-야디에르 알베스였기 때문이다.

공교롭게도 박건호와 류현신, 야디에르 알베스는 8월에 팀에 큰 보탬이 되지 못하고 있었다.

박건호는 8월 평균 자책점이 2점대로 떨어졌고 류현신은 10승 문턱에서 세 번이나 미끄러지고 말았다. 올스타 브레이크 이후 반짝 빛났던 야디에르 알베스도 다시 기복 있는 피칭을 선보이며 다저스 코칭스태프를 고민스럽게 만들고 있었다.

만약 이런 상황에서 박건호가 첫 경기에서 패배한다면?

자이언츠의 기세에 눌려 시리즈 스윕을 당하게 될지도 몰랐다.

상당수 전문가는 다저스의 홈경기지만 자이언츠의 스윕 가능성을 배제하기 어렵다고 말했다.

그만큼 자이언츠의 기세가 좋았다.

반면 다저스는 운이 없었다.

8월에 가장 페이스가 좋은 슬레이튼 커쇼와 마에다 케이타는 마운드에 오를 수가 없었다.

"1승 2패만 해도 다행입니다."

"첫 경기 결과가 무엇보다 중요합니다. 건이 첫 경기만 잡아준다면 다저스도 최악의 상황을 면할 수 있습니다."

전문가들은 첫 경기의 중요성을 몇 번이고 강조했다. 여전히 가장 유력한 사이영 상 후보로 꼽히는 박건호가 자이언츠의 상승세를 꺾지 못한다면 다저스의 지구 1위 수성도 어려워질 것이라고 우려했다.

박건호는 언론과의 인터뷰를 통해 자이언츠전에 승리해서 시즌 20승을 달성하겠다는 포부를 밝혔다.

하지만 20승을 호언장담할 만큼 상대가 만만치는 않았다.

자이언츠에서 에이스인 에디슨 범가너를 내세운 것이다.

에디슨 범가너는 후반기 8경기에 선발 등판해 5승 1패, 평균 자책점 1.66을 기록 중이었다.

후반기 평균 자책점만 놓고 보자면 슬레이튼 커쇼(1.31)에 이어 내셔널 리그 전체 2위를 달리고 있었다.

반면 박건호의 후반기 평균 자책점은 1.87이었다(내셔널 리그 전체 투수들 중 4위). 최근 4경기 다소 부진한 투구를 이어간 결과라고는 하지만 자이언츠의 상승세를 이끌고 있는 에디슨 범가너의 기세보다는 다소 약해 보일 수밖에 없었다.

"건은 좋은 투수입니다. 하지만 내셔널 리그 최고의 좌완 투수로 불리기에는 아직 경험이 부족합니다. 오늘 나와 건의 차이를 모두에게 확인시켜 주겠습니다."

에디슨 범가너는 자신만만하게 마운드에 올라갔다. 그리고 8이닝 동안 단 4개의 안타만 허용하며 다저스 타선을 1실점으로 틀어막았다.

에디슨 범가너의 유일한 실점은 7회에 나왔다. 선두 타자 코일 시거에게 2루타를 허용한 뒤 에이든 곤잘레스의 땅볼 타구 때 3루까지 진루시킨 게 화근이었다.

1사 주자 3루 상황에서 에디슨 범가너는 1번 타순에 배치된 작 피터슨을 대신해 5번 타순을 꿰찬 안승혁을 상대했다. 그리고 투 스트라이크를 잡아놓고 무리하게 슬라이더 승부를 벌이다 중견수 쪽 깊숙한 플라이를 내주고 말았다.

그때 3루 주자 코일 시거가 홈을 밟으면서 0 대 0의 균형이 깨졌다. 그리고 연장의 분위기를 물씬 풍겼던 경기는 9회 초에 끝이 났다.

8회 말. 박건호를 상대로 3구 삼진을 빼앗아낸 뒤 에디슨 범가너는 당당히 마운드를 내려왔다. 안승혁의 합류로 중심 타선이 두터워진 다저스를 상대로 8이닝 동안 단 1실점밖에 내주지 않았다는 건 대단한 호투였다.

그러나 에디슨 범가너는 승리 투수 인터뷰를 하지 못했다.

-건, 건! 삼진입니다!

-다저스 팬들이 그토록 기다리던 슈퍼 건이 돌아왔습니다!

박건호가 9이닝 동안 단 한 점도 내주지 않고 마운드를 지켰기 때문이다.

건! 올 시즌 두 번째 완봉승! 9이닝 12K

다저스의 총이 거인을 쓰러뜨렸다!

거침없던 자이언츠! 건의 발아래 무릎 꿇어

건, 시즌 20승! 생애 첫 사이영 상 눈앞으로!

LA 언론들은 박건호의 호투에 웃음을 감추지 못했다.

반면 샌프란시스코 언론들은 에디슨 범가너의 호투를 타자들이 지켜주지 못했다며 아쉬움을 드러냈다.

"에디슨 범가너는 충분히 잘 싸웠습니다. 그리고 오늘은 건이 너무 잘 던졌습니다."

자이언츠의 브라이언 보치 감독은 박건호를 칭찬하며 패배의 변을 마쳤다. 그러면서 남은 두 경기를 모두 잡아내 다저스와의 격차를 줄이겠다고 말했다.

그러나 다음 날, 류현신이 지니 쿠에토를 상대로 승리를 거두면서 위닝 시리즈는 자이언츠가 아닌 다저스의 차지가 되었다.

기세 좋던 자이언츠는 야스마니 알베스를 통해 시리즈 스윕을 면하는 것으로 만족해야만 했다.

자이언츠와의 3연전을 통해 분위기 반전에 성공한 다저스는 파드리스 원정 4연전을 쓸어 담으며 자이언츠와의 격차를 7경기 차이로 벌렸다.

첫 경기에 나선 슬레이튼 커쇼(8이닝 2실점)부터 시작해 마에다 케이타(7이닝 2실점), 마지막 경기에 나선 류현신(6이닝 2실점)에 이르기까지 모든 선발 투수가 제 몫을 톡톡히 하며 다저스의 연승을 이끌었다.

특히나 세 번째 경기에 나선 박건호는 두 경기 연속 완투를 성공시키며 사이영 상 독주 체제에 들어갔다. 비록 7회에 연속 안타를 허용하며 한 점을 내주긴 했지만 평균 자책점도 1.42까지 낮추며 슬레이튼 커쇼의 추격을 뿌리쳤다(1.60).

8월 막판 두 경기 연속 완투 행진 속에 2점대를 넘어섰던 박건호의 8월 평균 자책점 1.53으로 낮아졌다.

비록 8월의 MVP는 슬레이튼 커쇼에게 돌아갔지만 전문가들은 이변이 없는 한 박건호의 생애 첫 내셔널 리그 사이영 상 수상이 유력하다고 전망했다.

심지어 경쟁자인 슬레이튼 커쇼조차 자신보다 박건호가 사이영 상을 수상하는 게 옳다고 두둔했다.

"건은 나보다 더 많은 승리를 거두고 있고 더 많은 탈삼진을 잡아냈습니다. 그러면서 더 낮은 평균 자책점을 유지하고 있죠. 올 시즌, 나는 최고의 시즌을 보내고 있습니다. 하지만 건은 나보다 더 좋은 성적을 내고 있습니다. 이게 진실입니다. 애석하게도 올해 나의 경쟁자는 너무 강합니다."

슬레이튼 커쇼는 사이영 상을 대신해 박건호와 함께 월드시리즈 우승에 도전하겠다는 뜻을 밝혔다.

전문가들도 박건호와 경쟁할 필요가 없는 월드시리즈 우승이라면 충분히 가능하다며 슬레이튼 커쇼를 독려했다.

에인젤스 원정으로 시작된 9월의 첫 경기에서 야디에르 알베스는 8이닝 1실점 호투를 펼치며 다저스 선발 투수 중 마지막으로 시즌 10승 달성에 성공했다.

경기 직후 야디에르 알베스의 에이전트인 라몬 소스레트는 기자회견을 자청했다. 그리고 기자들 앞에서 다저스가 야디에르 알베스를 위한 장기 계약을 준비해야 한다며 목소리를 높였다.

얼마를 예상하느냐는 기자들의 질문에 라몬 소스레트는 최소 박건호만큼은 받아야 한다며 배짱을 부렸다.

그리고 다음 날. 야디에르 알베스는 자신에게 한마디 상의도 하지 않은 채 사고를 친 라몬 소스레트와의 계약을 파기했다.

야디에르 알베스가 시장에 나오자 스콧 보라스를 비롯한 대형 에이전시들이 앞다투어 달려들었다.

올 시즌 힘겹게 10승을 거두긴 했지만 이제 고작 19살에 100mile/h(≒160.9㎞/h)의 빠른 공을 던지는 우완 투수의 가치는 말로 형용하기 어려웠다.

그러나 정작 야디에르 알베스가 선택한 건 대형 에이전시가 아니라 브라이언 최였다.

"왜 나를 선택한 거죠?"

"당신이 건의 에이전트니까요."

"그게…… 어떤 이유인데요?"

"지난번 건의 인터뷰를 봤어요. 당신을 만난 덕분에 메이저리그에서 성공할 수 있었다고 했죠."

"그건…….."

"알아요, 나도. 어떤 의미인지. 그리고 건은 자신의 실력으로 메이저리그 최고의 투수가 됐어요. 그건 나도 인정해요. 솔직히 요즘은 건의 라이벌로 불리는 게 부끄러울 정도니까요."

"알베스도 충분히 재능 있는 투수입니다. 나보다 당신을 더 크게 성장시켜 줄 에이전트도 많고요."

"그런 건 중요하지 않아요. 대신 내가 건처럼 수준 높은 투수가 될 수 있도록 도와줘요."

"대형 에이전시처럼 도움을 주진 못할 겁니다."

"라몬 소스레트도 크게 다를 건 없었어요. 그리고 난 대형 에이전시에 들어가서 과대 포장된 상품이 되고 싶지 않아요."

오스틴 번에 이어 야디에르 알베스까지 영입하면서 브라이언 최의 주가도 덩달아 높아졌다. 예전에는 눈길 한 번 주지 않던 유명 투자자들이 브라이언 최에게 먼저 만나자고 연락을 보낼 정도였다.

하지만 브라이언 최는 외형을 키우는 것보다 계약한 선수들에게 집중하는 길을 선택했다.

"자세한 이야기는 시즌이 끝난 다음에 했으면 좋겠습니다. 지금은 제가 다른 걸 신경 쓸 여력이 없거든요."

브라이언 최는 들뜨지 않았다. 언제나처럼 소속 선수들의 컨디션을 살피며 좋은 경기력을 유지할 수 있도록 도왔다.

덕분에 박건호는 9월 5경기에서 4승을 따내며 2018 시즌을 마쳤다.

시즌 성적 25승 3패.

평균 자책점 1.38.

탈삼진은 무려 376개.

목표했던 최고 구속 104mile/h(≒167.3㎞/h)은 끝내 달성하지 못했지만 사이영 상은 물론 MVP를 받기에도 충분한 성적이었다.

에이스인 슬레이튼 커쇼도 24승 4패, 평균 자책점 1.62로 시즌을 마쳤다.

LA 언론은 박건호가 없었다면 슬레이튼 커쇼의 네 번째 사이영 상 수상은 확실했을 거라며 슬레이튼 커쇼의 분투에 박수를 보냈다.

전문가들은 박건호의 등장으로 다저스가 메이저리그 역사상 최강의 원투펀치를 보유하게 됐다고 말했다.

"건과 슬레이튼 커쇼의 승수를 더하면 무려 49승입니다. 10승 투수 5명이 해야 할 일을 두 선수가 해낸 셈이죠."

"뿐만 아닙니다. 건과 슬레이튼 커쇼 모두 1점대 평균 자책점을 기록했습니다. 무려 200이닝을 넘게 던졌는데 말이죠."

"탈삼진은 어떻고요. 슬레이튼 커쇼가 302개의 탈삼진을 기록하면서 300탈삼진 듀오가 탄생했습니다."

"덕분에 다저스가 무려 110승을 거두었죠. 승률이 자그마치 0.679입니다. 다저스 역대 최다승이고 메이저리그를 통틀어 4번째 기록이에요."

"110승을 거두었으니 20승 투수를 두 명 배출하는 것도 무리는 아닙니다. 하지만 사이영 상급 투수가 둘인 건 반칙이라고 봐야 합니다. 포스트 시즌에서는 다저스를 이길 수가 없어요."

"와일드카드 결정전을 통해 누가 올라올지 지켜봐야겠지만 다저스의 챔피언십 시리즈 진출은 확실해 보입니다."

"그렇게 따지면 월드 시리즈도 유력하죠. 3선발로 활약할 마에다 케이타도 수준급이고 타선도 작년에 비해 훨씬 짜임새 있게 변했으니까요."

전문가들은 앞다투어 다저스가 월드 시리즈에 진출할 것이라고 전망했다. 그리고 상대가 누구더라도 월드 시리즈 우승을 차지할 가능성이 높다고 예상했다.

메이저리그 홈페이지에서 진행된 설문 조사에서도 다저스는 58퍼센트의 지지를 얻어 2018년 월드 시리즈 우승을 차지할 가장 유력한 팀으로 뽑혔다.

아울러 사이영 상을 꼽는 질문에서는 박건호와 슬레이튼 커쇼가 각각 57퍼센트, 39퍼센트로 1, 2위를 달렸다.

그러나 MVP를 묻는 질문의 답변은 달랐다.

좋은 성적을 거둔 타자들이 합류하면서 비중이 줄어들긴 했지만 슬레이튼 커쇼가 17퍼센트로 1위, 박건호가 13퍼센트로 2위에 올랐다.

LA 언론은 다저스 팬들의 심정이 반영된 결과라고 분석했다. 리그 최고의 에이스와 그 에이스를 위협할 만큼 성장한 슈퍼 루키 모두가 윈-윈할 수 있는 길은 상을 나눠 갖는 것뿐이라는 것이다.

그러나 전문가들은 박건호와 슬레이튼 커쇼, 둘 중에 한 명이 상을 독식할 가능성이 높다고 전망했다.

그리고 다음 날 2018년 포스트 시즌이 시작됐다.

30장
월드 시리즈를 향해(1)

1

와일드카드 결정전, 자이언츠 vs 카디널스!
바퀴벌레와 가을 좀비! 과연 누가 살아남을 것인가.

언론들은 내셔널 리그 와일드카드 결정전을 가리켜 내셔널 리그에서 가장 불행한 팀들 간의 맞대결이라고 표현했다.

자이언츠는 무려 110승을 거둔 다저스에 이어 내셔널 리그 서부 지구 2위이자 와일드카드 순위 1위로 포스트 시즌에 올라왔다.

시즌 종료 후 자이언츠와 다저스의 격차는 무려 12경기.

8월 맞대결 이후 다저스와 자이언츠의 기세가 엇갈리면서 4경기까지 좁혀졌던 경기차가 급격하게 늘어났다.

하지만 그렇다고 해서 자이언츠가 형편없는 시즌을 펼친 건 아니었다.

오히려 그 반대였다.

98승 64패. 승률 0.604로 메이저리그 모든 팀 가운데 세 번째로 좋은 성적을 냈다.

컵스에 밀려 내셔널 리그 중부 지구 2위로 밀려난 카디널스의 사정도 크게 다르지 않았다. 컵스가 메이저리그에서 다저스에 이어 두 번째로 100승을 달성하며 지구 우승을 차지한 탓에 93승(69패, 0.574)을 거두고도 와일드카드 2위에 만족할 수밖에 없었다.

게다가 카디널스의 승률은 내셔널 리그 전체 4위였다. 내셔널스와 치열한 접전 끝에 디비전 시리즈로 직행한 내셔널 리그 동부 지구 1위 메츠보다 1승을 더 거두었다(메츠 92승 70패, 승률 0.568).

메이저리그 전체에서 세 번째로 좋은 성적을 거둬놓고도 와일드카드 결정전으로 밀린 자이언츠. 자이언츠만큼은 아니지만 다른 지구에 속했다면 충분히 지구 1위를 차지했을 카디널스.

이 둘의 맞대결에 야구팬들의 관심과 동정이 집중됐다.

콕스 TV의 설문 조사에서는 자이언츠가 이길 거란 의견이 77퍼센트였다.

반면 ESPM의 설문조사에서는 자이언츠의 승리를 예상하는 비율이 52퍼센트로 낮았다.

"자이언츠는 강합니다. 하지만 우리도 와일드카드 결정전에 만족할 생각은 없습니다."

단판 승부를 앞두고 카디널스의 마이크 매스니 감독은 의지를 불태웠다.

샌프란시스코 원정에 홈에서 강한, 사이영 상급 활약을 펼친 에디슨 범가너를 상대해야 한다는 부담은 크지만 선수들과 힘을 합쳐 디비전 시리즈에 진출하겠다며 가을 좀비의 부활을 예고했다.

그러나 전문가들은 카디널스가 디비전 시리즈에 올라갈 가능성은 높지 않다고 전망했다.

"카디널스는 대진운이 좋지 않습니다. 하필 자이언츠고 하필 홈에서 강한 에디슨 범가너를 상대해야 합니다."

"내셔널스의 맹추격을 뿌리치고 와일드카드 결정전에 오른 건 칭찬해 줄 일이지만, 글쎄요. 냉정하게 봤을 때 카디널스가 기적을 만들기란 쉽지 않을 것 같습니다."

카디널스는 에디슨 범가너에 맞서 에이스 카를로 마르티네스를 등판시켰다. 시즌 성적 17승 7패. 평균 자책점 3.06의 성적은 에디슨 범가너에 비해 초라할지 몰라도 내셔널 리그 전체 투수들 중에서는 톱클래스로 분류될 정도였다.

하지만 카를로 마르티네스도 내셔널 리그 20승 투수의 저력을 넘지 못했다. 올 시즌 21승 6패 평균 자책점 2.25로 커리어 하이를 기록한 에디슨 범가너는 홀로 9이닝을 무실점으로 책임지며 자이언츠를 디비전 시리즈에 올려놓았다.

그렇게 메츠와 컵스, 다저스와 자이언츠 간의 디비전 시리즈가 확정됐다.

"1선발은 커쇼입니다. 그리고 건이 2선발로 활약할 예정입니다."

모렐 허샤이저 감독은 포스트 시즌에 대비해 선발 로테이션을 조정했다.

에이스 슬레이튼 커쇼를 그대로 두되 3선발인 박건호와 2선발인 마에다 케이타의 순서를 맞바꾼 것이다.

일본 언론들은 모렐 허샤이저 감독이 무리수를 두고 있다고 비판했다.

마에다 케이타는 올 시즌 31경기에 선발 등판해 17승 8패라는 호성적을 거두었다. 다저스 우완 투수들 가운데 가장 좋은 성적을 거두며 2선발로 제 몫을 다했으니 경험 많은 마에다 케이타가 밀릴 이유가 전혀 없다는 것이었다.

그러나 메이저리그 언론들은 모렐 허샤이저 감독이 옳은

결정을 내렸다고 평가했다.

전문가들도 올 시즌 사이영 상이 유력한 박건호를 2선발로 올리는 건 당연한 결정이었다고 입을 모았다.

"다저스가 목표대로 홈 2연전을 쓸어 담기 위해서는 슬레이튼 커쇼와 건의 등판이 필수입니다."

"2승을 거두고 샌프란시스코로 넘어가면 에디슨 범가너가 3차전에 나오더라도 4차전에서 끝낼 수 있습니다."

"만에 하나 커쇼가 무너져도 건이 5차전을 책임질 수 있으니까요. 다저스의 디비전 시리즈 승리 시나리오에는 큰 문제가 없겠죠."

"일각에서는 건을 1선발로 써야 한다는 의견이 없지 않지만, 경험적인 부분을 떠나 체력적인 면에서도 2선발 자리가 낫습니다."

"1차전에 선발 등판하고 4차전에 다시 마운드에 오른다면 휴식일은 사흘뿐입니다. 하지만 2차전과 5차전은 나흘 간격입니다. 피로도가 다를 수밖에 없죠."

전문가들은 3승 1패로 다저스의 승리를 점쳤다.

3승 2패를 언급하는 전문가들도 없진 않았지만 다저스가 자이언츠를 꺾고 다음 라운드에 진출한다는 점에 있어서는 이견이 없었다.

"전문가들의 평가는 신경 쓰지 않습니다. 가능성은 반반이라고 생각합니다. 우리는 시즌 중에 다저스를 상대로 대등한 경기를 펼쳤습니다. 그 경험을 살려 다저스를 무너뜨리겠습니다."

브라이언 보치 감독은 챔피언십 시리즈에 올라가는 건 자이언츠가 될 것이라고 호언장담했다.

LA 원정 2연전에서 1승 1패를 거둔 뒤 에디슨 범가너가 3차전을 잡아준다면 자이언츠에게도 승산은 충분하다고 판단한 것이다.

샌프란시스코 언론도 1차전의 결과에 따라 시리즈의 향방은 얼마든지 달라질 수 있다며 브라이언 보치 감독의 주장에 힘을 실어주었다.

하지만 다저스 스타디움에서 열린 1차전은 슬레이튼 커쇼의 호투 속에 일방적으로 끝이 났다.

15승을 거둔 지니 쿠에토하 7이닝 동안 5피안타 2실점으로 분전했지만 8이닝 1실점 투구를 펼친 슬레이튼 커쇼의 아성을 넘지 못했다.

최종 스코어 3 대 1.

1차전을 잡고 경험이 부족한 박건호를 압박해 시리즈 스윕을 이뤄내자던 자이언츠 팬들의 야심찬 계획은 일단 수포로 돌아가고 말았다.

"내일 선발은 건입니다."

모렐 허샤이저 감독은 예정대로 박건호를 선발로 내세웠다.

반면 자이언츠는 밤늦게까지 선발 투수를 정하지 못했다.

"어쩔 수 없습니다. 범가너를 내보내야 합니다."

"범가너는 와일드카드 결정전 때 127구를 던졌습니다. 사흘 휴식은 너무 짧습니다. 위험합니다."

"제 생각도 같습니다. 2차전을 잡겠다고 범가너를 무리시켰다가 2차전마저 내주면 그다음에는 답이 없습니다."

와일드카드 결정전에 선발 등판한 에이스, 에디슨 범가드너는 2차전에 등판할 가능성을 남겨두고 있었다.

휴식일이 사흘뿐이라는 단점이 있지만 포스트 시즌이라는 특수성을 감안한다면 얼마든지 앞당겨 투입할 수 있었다.

하지만 브라이언 보치 감독은 고개를 저었다.

올 시즌 커리어하이를 찍고 홀로 자이언츠를 이끈 에디슨 범가너를 무리시킬 수는 없다고 말했다.

"올해 다저스에게 지구 우승을 빼앗기긴 했지만 겨울에 전력을 강화해 에디슨 범가너를 받쳐 줄 만한 투수를 영입한다면 내년 시즌에는 다시 지구 우승을 탈환할 수 있어. 그러니까 정석대로 가자고. 어찌될지 모르는 디비전 시리즈를 위해 에이스를 혹사시키는 건 바보 같은 짓이니까."

새벽이 지나서야 자이언츠의 선발이 발표됐다.

타이 블랙.

지난해 박건호에게 밀려 아쉽게 신인상을 놓친 자이언츠의 젊은 좌완 투수였다.

올 시즌 성적은 13승 7패. 평균 자책점 3.50.

4선발로 시즌을 시작했다가 후반기 들어 페이스가 떨어진 제이크 사마자를 대신해 3선발 자리를 꿰찬 상태였다.

후반기에 안정적인 피칭을 선보이면서 타이 블랙은 제이크 사마자를 대신해 포스트 시즌 선발 로테이션에 합류했다.

덕분에 포스트 시즌에서 박건호에게 복수를 할 기회를 잡게 됐다.

"건이 올 시즌 좋은 활약을 펼쳤다는 거 알고 있습니다. 하지만 경기는 해봐야 아는 겁니다. 저 역시 올해 다저스를 상대로 좋은 투구를 펼쳤습니다. 적어도 건에게 쉽게 지는 일은 없을 겁니다."

샌프란시스코 언론과의 인터뷰에서 타이 블랙은 자신감을 드러냈다. 포스트 시즌에서는 무슨 일이 벌어질지 모른다며 박건호를 무너뜨리는 이변을 연출해 보이겠다고 의지를 드러냈다.

그러나 전문가들은 2차전 역시 다저스의 일방적인 경기가 될 가능성이 높다고 점쳤다.

"만약 이 매치 업이 지난 시즌에 이루어졌다면 누가 이길지 장담하기 어려웠을 겁니다. 하지만 올해는 이야기가 전혀 다르죠."

"올 시즌 건은 자이언츠를 상대로 세 경기에 선발 등판해 3승을 거두었습니다. 말 그대로 전승이죠. 게다가 평균 자책점은 0.38밖에 되지 않습니다."

"7이닝 무실점, 8이닝 1실점, 9이닝 완봉승 순서였던가요? 어쨌든 건이 24이닝을 소화하면서 내준 안타는 12개밖에 되지 않습니다. 사사구도 2개뿐이고요. 특히나 후반기에 자이언츠를 상대로 완봉을 거둔 기억이 남아 있을 테니 자이언츠가 건을 공략하기란 쉽지 않아 보입니다."

"건이 홈에서 강하다는 점도 주목할 필요가 있습니다. 건은 올해 다저스 스타디움에 16차례 선발 등판해서 평균 자책점 0.86을 기록했습니다. 원정 경기 기록보다 평균 자책점이 1점 이상 낮습니다. 홈런을 4개 내주긴 했지만 피안타율과 피출루율은 1할대 초반에 그치고 있습니다. 피장타율도 2할을 살짝 넘는 수준이고요."

"만약 건이 1차전에 선발로 등판했다면, 그래서 자이언츠 파크에서 열린 4차전에 사흘만 쉬고 마운드에 오른 거라면 변수가 생길지도 모른다고 말했을지 모릅니다. 하지만 다저스 스타디움에서의 건이라면 글쎄요. 어떤 변수를 대입하더라도 건이 무너지는 모습은 상상이 되질 않습니다."

대부분의 전문가는 박건호를 앞세운 다저스가 타이 블랙을 내세운 자이언츠를 격파하고 홈 시리즈를 전부 쓸어 담을 거라 예측했다.

그러나 자이언츠 팬들은 박건호도 홈에서 완벽했던 건 아니라고 말했다.

┗건이 다저스 스타디움에서 모든 경기를 이겼다고 떠들어 대는 멍청이는 누구야? 건도 다저스 스타디움에서 진 적이 있다고. 그것도 레즈를 상대로 말이야.

┗맞아, 나도 기억해. 레즈의 작전 야구에 건이 흔들렸던 거 말야.

┗그때 4점인가 5점인가 내주면서 무너졌었지, 아마?

┗무슨 헛소리를 하는 거야? 작년에 건은 3실점 이상 한 적이 없다고.

┗레즈전 투구도 나쁘진 않았어. 7이닝을 던지면서 안타를 4개밖에 내주지 않았으니까.

┗하지만 레즈는 철저한 팀 배팅과 작전으로 건에게 두 점을 뽑아냈지. 반면 다저스 타자들은 한 점밖에 뽑아내지 못했고 말이야.

┗우리도 레즈처럼 하면 건을 무너뜨릴 수 있겠지?

┗물론이지! 타자들이 욕심 부리지 않고 건을 흔드는 데 집중한다면 2차전을 충분히 잡을 수 있어!

자이언츠 팬들은 타자들이 힘을 합치면 포스트 시즌 선발 경험이 전무한 박건호를 충분히 공략해 낼 수 있다고 굳게 믿었다.

자이언츠 언론도 2차전을 호락호락 내주는 일은 없어야 한다며 타자들의 분발을 요구했다.

"다들 지난번 레즈전 영상은 봤겠지? 힘들겠지만 건의 빠른 공에 초점을 맞춰야 해. 그리고 최대한 간결하게 스윙하라고. 투 아웃이 되기 전에 주자가 살아 나간다면 그때부터는 적극적으로 움직여. 건을 최대한 흔들라고. 알았어?"

스티브 데이커 타격 코치는 타자들을 모아놓고 팀플레이를 강조했다. 박건호의 공격적인 피칭에 대응하는 유일한 방법은 간결한 스윙이라며 욕심을 버리라고 주문했다.

"좋아, 한번 해보자고."

"언제까지 그 애송이 녀석한테 끌려 다닐 거야?"

"다저스는 포스트 시즌에만 만나는 팀이 아냐. 1년에 여섯 번의 시리즈를 치러야 하는 팀이라고."

"다들 정신 바짝 차려. 오늘 경기에서 모든 악연을 끊어버리는 거야!"

자이언츠 타자들도 마음을 다잡았다. 와일드카드 결정전에서 카디널스를 꺾고 올라왔는데 고작 디비전 시리즈에서 포스트 시즌을 마감하고 싶지 않았다.

"두 점. 딱 두 점만 뽑자고."

"좋아! 다 함께 힘을 모아서 건을 7회 이전에 강판시키는 거야!"

박건호가 연습 투구로 몸을 푸는 동안에도 자이언츠 타자들은 한데 모여 파이팅을 외쳤다.

그 모습이 박건호의 눈에도 들어왔다.

"오늘따라 좀 유난스러운데?"

박건호가 살짝 눈매를 굳혔다.

하지만 그것도 잠시.

"좋아, 좋아."

오스틴 번의 독려가 들려오자 언제 그랬냐는 것처럼 씩 웃어 보였다.

불펜 투구를 마친 후 오스틴 번은 포심 패스트볼에 대한 칭찬을 늘어놓았다. 그러면서 올 시즌 간간히 던지기 시작한 투심 패스트볼과 커터에 대한 이야기를 꺼냈다.

"오늘은 투심 패스트볼을 승부구로 쓰는 게 좋겠어."

"투심을?"

"그래, 자이언츠 타자들이 투구 수 늘리려고 달려들 텐데 포심 패스트볼 하나만으로는 오래 버티기 어렵다고."

"뭐야? 아깐 포심 좋았다며?"

"좋았지. 하지만 굳이 포심 패스트볼 하나에만 집착할 필요

있을까?"

"······?"

"포스트 시즌이야. 단기전이라고. 그렇다면 네가 할 수 있는 모든 걸 끄집어내는 게 좋아."

"그렇다고 스타일을 바꾸는 건 좀 그런데."

"스타일을 바꾸라는 소린 아니야. 오히려 네 장점을 살려서 더 공격적으로 나가야겠지. 하지만 챔피언십 시리즈와 월드 시리즈를 감안했을 때 시즌보다 까다로운 투수가 됐다는 인식을 안겨줄 필요가 있다는 거야."

"오케이. 무슨 소리인지 알겠어."

"그리고 커터의 비중도 늘리자."

"커터도?"

"자이언츠 벤치에서 이렇다 할 작전을 내지 못하게 만들자고. 그래야 우리가 원하는 대로 경기를 끌고 갈 수 있지."

"그렇긴 하지만······."

"걱정하지 마. 중요한 순간마다 네 포심 패스트볼이 빛나도록 만들어줄 테니까."

"그렇다면 좋아. 오늘도 너만 믿을게, 오스틴."

"맡겨 달라고, 건."

선두 타자 다나드 스팬이 들어오자 오스틴 번은 예고했던 대로 투심 패스트볼 사인을 냈다.

코스는 바깥쪽.

좌타자인 다나드 스팬의 눈에는 바깥쪽으로 빠져나갈 듯 굴다가 마지막 순간에 홈 플레이트를 걸쳐 들어오는 백도어성 공으로 보일 만한 공이었다.

"좋았어."

사인을 확인한 박건호가 가볍게 고개를 끄덕였다. 그리고 오스틴 번의 미트를 향해 힘차게 공을 내던졌다.

후앗!

박건호의 손끝을 빠져나간 공이 한복판을 지나 바깥쪽으로 흘러 나갔다.

그러자 반사적으로 방망이를 내밀었던 다나드 스팬이 재빨리 허리 회전을 멈춰 세웠다.

퍼엉!

"후우……."

묵직한 포구 소리와 함께 다나드 스팬이 안도의 한숨을 내쉬었다.

하지만 그것도 잠시.

"스트라이크!"

구심이 오른팔을 들자 다나드 스팬의 얼굴이 와락 일그러졌다.

"지금 이게 들어왔다고요?"

"백도어성 투심이었어. 몰랐어?"

"허, 이게 투심이었다고요?"

다나드 스팬이 고개를 돌려 자이언츠의 더그아웃을 바라봤다. 그러면서 자신의 억울함에 함께 공분해 줄 동지들을 찾았다.

하지만 선수들 대다수가 고개를 흔들었다.

다나드 스팬이 방망이를 멈춰 세우려던 그 순간부터 꿈틀거리며 홈 플레이트 쪽으로 방향을 튼 공의 궤적을 다들 보고만 것이다.

"젠장할."

다나드 스팬이 질근 입술을 깨물었다. 그리고 매서운 눈으로 박건호를 노려봤다.

그러나 유리한 볼카운트를 선점한 박건호는 다나드 스팬의 도발적인 눈빛에 눈 하나 까딱하지 않았다.

"억울하면 쳐 보든가."

사인 교환을 마친 박건호가 힘차게 투구판을 박차고 나갔다.

후앗!

박건호의 손끝을 빠져나간 공이 순식간에 다나드 스팬의 몸 쪽을 파고들었다.

퍼엉!

새하얀 공이 날아와 묵직한 포구 소리로 변할 때까지 다나드 스팬은 아무것도 하지 못했다.

"스트라이크!"

구심이 이번에도 요란스럽게 콜을 외쳤다.

잠시 후 점멸하던 전광판에 103mile/h(≒165.8㎞/h)이라는 구속이 선명하게 찍혔다.

"크윽!"

다나드 스팬의 입에서 신음이 흘러 나왔다. 애당초 이 빠른 공을 노리고 타석에 들어섰는데 꼼짝 못하고 당했으니 울컥하는 감정이 치밀어 올랐다.

그러자 필 너반 3루 코치가 괜찮다며 독려의 박수를 보냈다.

"신경 쓰지 마! 스팬!"

"좋아. 잘하고 있어!"

자이언츠 타자들도 다나드 스팬을 독려했다.

투 스트라이크로 몰리긴 했지만 1회 초부터 다나드 스팬이 출루해서 그라운드를 뒤흔든다면?

박건호를 일찍 강판시키겠다는 계획이 현실이 될지도 몰랐다.

하지만 박건호-오스틴 번 배터리는 다나드 스팬을 루상에 내보낼 생각이 눈곱만큼도 없었다.

'3구는 뭐지?'

손에 묻힌 로진 가루를 불어내며 박건호가 오스틴 번의 가랑이 쪽을 바라봤다.

다나드 스팬을 슬쩍 바라봤던 오스틴 번이 침착하게 손가락을 움직였다.

첫 번째 수신호는 손가락 하나.

두 번째 수신호도 손가락 하나.

세 번째 수신호는 엄지손가락.

몸 쪽으로 포심 패스트볼을 붙여 넣어 승부를 보자는 소리였다.

"역시 오스틴이야. 마음에 든다니까."

박건호는 망설이지 않고 고개를 끄덕였다.

경기 중반 이후라면 포심 패스트볼의 비중을 줄이고 볼 배합을 다양하게 가져가야겠지만 힘이 남아돌다 못해 넘치는 경기 초반부터 포심 패스트볼을 자제할 필요는 전혀 없었다.

"표정을 보아하니 못 쳐서 아쉬운 모양인데, 좋아. 하나 더 던져 주지. 그러니까 이걸 한번 때려보라고, 스팬."

박건호가 제멋대로 붙인 다나드 스팬의 별명을 읊조리며 힘차게 투구판을 박차고 나갔다.

후앗!

박건호의 손끝을 빠져나간 새하얀 공이 곧장 다나스 스팬의 얼굴 쪽으로 날아들었다.

'하이 패스트볼!'

다나드 스팬은 거의 반사적으로 대응했다. 포심 패스트볼이라는 걸 알아채기가 무섭게 방망이를 힘껏 휘돌렸다.

하지만 홈 플레이트 앞쪽 히팅 존에서 만났어야 할 공과 방망이는 홈 플레이트 한복판에서 서로 엇갈렸다.

그리고.

퍼엉!

묵직한 포구 소리만이 경기장에 울려 퍼졌다.

─건! 첫 타자 다나드 스팬을 3구 삼진으로 돌려세웁니다.

─시즌 마지막 경기를 결장하고 오랜만에 마운드에 올라왔을 텐데요. 준비가 잘된 느낌입니다.

─전광판에 찍힌 3구의 구속이 102mile/h(≒164.2㎞/h)이네요.

─저렇게 빠른 공이 얼굴 높이로 날아들었으니 다나드 스팬이 때려내지 못하는 것도 무리는 아닐 것 같습니다.

─한두 이닝 정도는 조금 더 지켜봐야겠지만 이대로 간다면 시즌 때처럼 건에게 끌려 다닐 가능성이 높습니다.

─건의 포심 패스트볼은 적응하기가 쉽지 않으니까요.

─타석에 2번 타자 아르헨 파건이 들어옵니다.

─아르헨 파건. 다나드 스팬을 대신해 테이블 세터로서의

역할을 수행해 줘야 할 텐데요.

─일단은 최대한 많은 공을 지켜보는 노력이 필요할 것 같습니다.

생중계를 맡은 ESPM 중계진은 아르헨 파건에게 인내를 요구했다.

그러나 그건 박건호의 투구 스타일을 잘 모르고 하는 말이었다.

기다리는 타자에게는 공격적으로.

덤벼드는 타자에게는 짓궂게.

투 스트라이크 이후는 사납게.

이것이 2017년과 달라진 2018년도 박건호의 투구법이었다.

'볼카운트가 몰리면 불리해. 차라리 투 스트라이크가 되기 전에 적극적으로 공략하자.'

아르헨 파건은 방망이를 단단히 움켜쥐었다. 2번 타순에 배치되긴 했지만 무리하게 공을 지켜보다가 허무하게 삼진을 당할 생각은 눈곱만큼도 없었다.

그런 아르헨 파건의 의지가 깊게 디딘 두 발을 통해 드러났다.

'한번 해보시겠다 이거지?'

오스틴 번은 초구에 바깥쪽 사인을 냈다.

구종은 포심 체인지업.

올 시즌 구종 가치가 급등한 구종이었다.

2017년, 루키 박건호는 이 포심 체인지업으로 먹고 살았다고 해도 과언이 아니었다.

체인지업과 싱커를 결합해 만든 독특한 구종은 포심 패스트볼과 흡사한 움직임을 보였다. 그래서 타자들의 타이밍을 빼앗거나 땅볼을 유도하는 데 큰 도움이 되었다.

지난해 박건호의 포심 체인지업 구사 비율은 20퍼센트 정도. 투심 패스트볼(45퍼센트) 다음으로 포심 체인지업을 던졌다.

그만큼 안타를 허용하는 횟수도 많았다. 조금만 밋밋하면 장타로 연결되기 일쑤였다.

하지만 시즌 종료 후 박건호의 포심 체인지업은 내셔널 리그 투수들의 모든 체인지업을 통틀어 열 손가락 안에 드는 공으로 평가를 받았다.

그리고 내셔널 리그 타자들이 꼽은, 공략하기 까다로운 구종 7위에 올랐다.

올 시즌 포심 패스트볼의 구속이 늘어나고 투심 패스트볼과 변형 슬라이더(커터)를 추가 장착하면서 포심 체인지업의 구사 비율은 10퍼센트까지 낮아졌다.

그런데도 포심 체인지업의 올 시즌 구종 가치는 체인지업 전문가를 모두 제치고 1위에 올랐다. 던지는 빈도수는 줄어들었지만 얻어맞는 경우가 거의 없었기 때문이다.

가장 큰 이유는 메이저리그 전체 구종 가치 2위에 오른 포심 패스트볼 덕분이었다.

100mile/h을 훌쩍 넘기는 포심 패스트볼에 정신이 팔린 타자들은 작년에 비해 1mile/h 정도 빨라진 포심 체인지업에 타이밍을 맞추지 못했다.

그리고 거의 대부분의 포심 체인지업에 헛스윙을 하거나 범타로 물러났다.

오스틴 번이 초구부터 포심 체인지업 카드를 꺼내든 이유는 간단했다. 박건호를 일찍 강판시키려는 속셈으로 가득한 자이언츠 더그아웃을 엿 먹이기 위해서였다.

"좋아."

박건호도 군말 없이 고개를 끄덕였다. 그리고 오스틴 번의 미트를 향해 빠르게 공을 내던졌다.

후앗!

박건호의 손을 빠져나간 공이 한복판을 지나 바깥쪽으로 날아갔다.

그 움직임이 아르헨 파건의 눈에는 포심 패스트볼처럼 느껴졌다.

'때리자!'

아르헨 파건은 망설이지 않고 방망이를 내돌렸다.

딱!

방망이 밑동에 걸린 타구가 데굴데굴 유격수 코일 시거의 앞으로 굴러갔다.

"크아아!"

아르헨 파건이 어떻게든 살아보겠다며 1루로 내달렸다.

그러나 코일 시거가 여유까지 부리며 내던진 공은 한참 먼저 1루수 에이든 곤잘레스의 글러브 속을 파고 들어갔다.

"아웃!"

1루심이 단호하게 주먹을 들어 올렸다.

그렇게 눈 깜짝할 사이에 두 번째 아웃 카운트가 만들어졌다.

─건! 아르헨 파건을 유격수 땅볼로 유도합니다.

─이번에는 포심 체인지업이었는데요. 아르헨 파건의 머릿속에는 포심 패스트볼에 대한 생각이 가득했던 것 같습니다.

─그런데 포심 패스트볼과 구속 차이가 제법 나는데요. 조금만 더 침착했다면 하는 아쉬움이 듭니다.

─물론 건의 포심 체인지업만 놓고 보자면 공략하지 못할 공은 아니겠죠. 하지만 건을 상대해야 하는 타자들은 기본적

으로 100mile/h이 넘는 포심 패스트볼을 경계할 수밖에 없습니다. 게다가 포심 체인지업은 자주 던지지 않으니까요.

─10개 중에 하나 꼴로 들어오는 포심 체인지업보다 포심 패스트볼에 포커스를 맞출 수밖에 없다는 이야기로군요.

ESPM 중계진들은 박건호의 포심 체인지업에 대해 한참동안 이야기를 늘어놓았다. 그러느라 비스트 포지가 투 스트라이크로 몰렸다는 사실을 뒤늦게 알아챘다.

"후우……."

타석에서 한발 물러서며 비스트 포지가 길게 숨을 골랐다. 그리고 고개를 돌려 자이언츠 벤치를 바라봤다.

포심 패스트볼을 기다렸던 비스트 포지에게 초구에 날아든 공은 몸 쪽 커터였다.

비스트 포지가 기다렸다는 듯이 방망이를 휘둘러 봤지만 타구는 발등을 때리고 3루 파울라인을 벗어났다. 그 과정에서 애꿎은 방망이만 두 동강이 나고 말았다.

다시 새 방망이를 들고 타석에 들어온 비스트 포지에게 박건호는 장기인 바깥쪽 커브를 던졌다.

큰 궤적을 그리며 바깥쪽으로 날아오던 공이 마지막 순간에 살짝 방향을 바꾸어 스트라이크존에 걸쳐 들어왔을 때 비스트 포지는 속으로 욕지거리를 내뱉어야 했다.

투 스트라이크 노 볼.

리그 최고의 포수 소리를 듣는 비스트 포지도 이 상황에서 할 수 있는 건 많지 않았다.

'포심 패스트볼이 들어올까? 아니면 다른 공?'

비스트 포지는 의견을 구하기 위해 평소 신뢰하는 스티브 데이커 타격 코치를 바라봤다.

하지만 스티브 데이커 코치도 딱히 해줄 말은 없었다. 그저 열심히 해보라며 손뼉을 두들길 뿐이었다.

'앞서 스팬 타석에서 포심 패스트볼로 끝을 봤으니까 이번에는 다른 공이 들어올 거야. 확실해.'

한참을 고심하던 비스트 포지가 타석에 들어섰다. 포심 패스트볼 하나만 노리고 들어와도 상대하기 어려운데 볼 배합마저 뒤섞이니 노림수를 갖는 것조차 곤욕이었다.

그런 비스트 포지의 몸 쪽으로 오스틴 번이 당당히 미트를 붙여 넣었다.

'자, 건. 끝내자고.'

사인을 받은 박건호가 고개를 끄덕였다. 그리고 오스틴 번의 미트를 향해 있는 힘껏 공을 내던졌다.

후앗!

박건호의 손끝을 빠져나간 공이 순식간에 홈 플레이트를 가로질렀다. 비스트 포지가 움찔 하고 어깨를 움직여 봤지만 차마 방망이를 내돌리지 못했다.

퍼엉!

묵직한 포구 소리가 승부의 끝을 알렸다.

"스트라이크, 아웃!"

구심이 요란하게 오른팔을 흔들며 확인 사살을 했다.

"후우……."

반쯤 참았던 숨을 내쉬며 박건호가 천천히 마운드를 내려왔다.

"건! 거어언!"

"크아아아! 건!"

다저스 스타디움은 열광의 도가니로 변했다. 오늘 경기 결과에 따라 디비전 시리즈의 승패가 갈린다고 해도 과언이 아닌데 박건호가 1회 초부터 압도적인 피칭을 선보였으니 벌써부터 챔피언십 시리즈가 아른거리기 시작한 것이다.

"잘했어, 건!"

"건! 오늘 포심 패스트볼 죽이는데?"

"그렇게만 던져, 건. 오늘 경기까지 잡고 샌프란시스코에 가자고!"

"크하하. 이 예쁜 녀석. 이리 와봐! 뽀뽀 한번 하자!"

다저스 선수들도 앞다투어 박건호에게 달려들었다. 그 모습이 어찌나 요란스럽던지 에이스인 슬레이튼 커쇼가 살짝 아쉬운 기색을 내비칠 정도였다.

"내가 먼저 치고 나갈 테니까 다들 바짝 따라오라고! 알았지?"

코일 시거를 제치고 더그아웃의 리더로 올라선 작 피터슨이 호탕한 목소리로 말했다. 그러고는 가장 먼저 타석에 들어섰다.

작 피터슨의 등장에 마운드에 선 타이 블랙의 표정이 굳어졌다.

올 시즌 작 피터슨의 타율은 0.305

출루율은 0.367로 평범했지만 28개의 홈런과 5할에 가까운 장타율을 선보이며 다저스의 새로운 공격형 1번 타자로 자리 매김하고 있었다.

물론 LA 언론은 작 피터슨이 계속해서 리드오프로 활약할 거라고 생각하지 않았다.

작 피터슨 역시 아직 4번 타자 자리를 포기한 게 아니라고 말했다. 아직 메이저리그 적응에 어려움을 겪고 있는 2번 타자 마이클 리드가 성장할 때까지만 일시적으로 1번 타순에서 활약하는 것뿐이라고 선을 그었다.

그러나 작 피터슨을 1회 초부터 상대해야 하는 상대 투수들의 입장은 곤욕스러울 수밖에 없었다.

"블랙, 어렵게 생각하지 마. 그냥 1번 타자일 뿐이라고. 그리고 1번 타자는 출루시키면 골치 아파져."

포수 비스트 포지가 마운드에 올라와 타이 블랙을 달랬다.

타이 블랙은 대답 대신 길게 숨을 골랐다. 머릿속으로는 이해가 갔지만 막상 덩치 큰 작 피터슨을 보고 있자면 위압감이 스멀스멀 피어올랐다.

그렇다고 비스트 포지의 말처럼 골치 아픈 상황을 만들 수도 없는 노릇이었다.

"어떻게든 잡아내자."

타이 블랙이 애써 마음을 다잡았다. 그리고 비스트 포지의 사인을 기다렸다.

잠시 뜸을 들이던 비스트 포지가 초구에 몸 쪽에 붙는 포심 패스트볼을 주문했다.

올 시즌 무서울 정도로 성장한 박건호까지는 아니지만 타이 블랙도 이번 시즌을 거치며 팬들에게 자이언츠의 미래의 에이스가 될지도 모른다는 희망을 안겨주었다.

다소 평범하다 여겨졌던 포심 패스트볼도 한층 성장했다. 구속은 물론 무브먼트까지 좋아지면서 다른 팬들로부터 리틀 건이라는 소리를 들을 정도였다.

"좋아."

사인을 확인한 타이 블랙이 단단히 고개를 끄덕였다.

몸 쪽 포심 패스트볼로 초구 스트라이크를 잡아낼 수만 있다면 작 피터슨을 범타로 돌려세우는 것도 불가능할 것 같지 않았다.

"후우……."

타이 블랙이 다시 한번 길게 숨을 골랐다. 그러고는 힘차게 투구판을 박차고 나갔다.

후앗!

타이 블랙의 손을 빠져나간 공이 곧장 작 피터슨의 몸 쪽을 파고들었다. 그러자 작 피터슨이 움찔 놀라며 엉덩이를 뒤로 빼냈다.

퍼엉!

제법 묵직한 포구 소리가 경기장에 울려 퍼졌다.

그러나 구심은 별다른 리액션이 없었다.

비스트 포지가 스트라이크존에 걸쳐 들어왔다는 걸 강조하듯 포구 자세를 유지했지만 마찬가지였다.

"젠장."

그 모습을 지켜보던 자이언츠의 브라이언 보치 감독이 입술을 깨물었다.

까다로운 타자를 상대로 던진 회심의 일구가 볼이 되고 말았다.

그 여파를, 아직 경험이 부족한 타이 블랙이 어찌 감당할지 걱정이었다.

"후우……."

타이 블랙은 길게 숨을 내쉬며 고개를 주억거렸다. 맞지 않아야겠다는 생각이 앞선 나머지 어깨에 힘이 들어간 모양이었다.

"괜찮아. 다음번에 잡으면 돼."

타이 블랙은 긍정적으로 생각하려 노력했다. 원 스트라이크 쓰리 볼도 아니고 고작 원 볼일 뿐이었다. 풀카운트가 되기까지 아직 볼카운트는 두 개나 남아 있었다.

비스트 포지도 아쉬움을 삼키며 다시 손가락을 움직였다.

2구째 사인은 바깥쪽 슬라이더.

타이 블랙을 가까운 미래에 제2의 에디슨 범가너로 만들어 줄 주 무기 중 하나였다.

타이 블랙은 고개를 끄덕였다. 그리고 비스트 포지의 미트를 향해 힘껏 공을 내던졌다.

후앗!

한복판을 지난 공이 바깥쪽으로 흐르듯 움직였다. 그러자 작 피터슨이 망설이지 않고 방망이를 내돌렸다.

따악!

방망이 끝에 걸린 타구가 3루 쪽으로 높이 치솟았다. 순간 3루수 에두아르 누네즈와 유격수 브래드 크로포트, 우익수 헌터 페이스가 타구를 향해 동시에 달려들었다.

하지만 마지막 순간에 바람을 탄 듯 타구는 그대로 관중석 쪽으로 떨어졌다.

작 피터슨의 입가를 타고 안도의 웃음이 번졌다. 반면 타이 블랙은 아쉬운 마음을 감추지 못했다.

만약 작 피터슨이 때리지 않고 서 있었다면 결과는 지금과 달라지지 않았을 것이다.

그러나 타이 블랙은 까다로운 타자를 2구 만에 잡아낼 수 있는 기회를 놓쳤다고 여겼다. 그리고 그걸 만회하기 위해 3구째 무리하게 바깥쪽 포심 패스트볼을 내던졌다.

후앗!

타이 블랙의 손을 빠져나온 공이 바깥쪽을 날카롭게 파고 들었다.

그러나 올 시즌 메이저리그 1번 타자들 중 가장 많은 홈런을 때려낸 작 피터슨에게는 때려내기 딱 좋은 코스였다.

"어딜!"

작 피터슨이 기다렸다는 듯이 방망이를 휘둘렀다.

따악!

방망이 중심에 걸린 타구가 외야를 향해 쭉쭉 뻗어 나갔다.

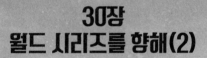

30장
월드 시리즈를 향해(2)

　-아, 큽니다!

　-아무래도 넘어갈 것 같은데요?

　-우익수 헌터 페이스. 빠르게 타구를 쫓아가는데요. 아
아……. 포기하고 마네요.

　-넘어갔습니다. 홈런입니다. 작 피터슨. 경기 초반부터 분
위기를 다저스 쪽으로 끌어옵니다!

　시원시원한 홈런을 때려낸 작 피터슨이 씩씩하게 그라운드
를 돌아 홈으로 들어왔다.

　다저스 관중들은 박건호가 1회를 완벽하게 틀어막을 때만
큼이나 요란스러운 환호로 작 피터슨을 반겼다.

"짹! 이 자식!"

"잘했어! 완벽한 홈런이었다고!"

다저스 팬들도 우르르 몰려나와 짹 피터슨을 반겼다.

"짹, 고맙다."

"하하. 고마우면 코리안 치킨 스프를 쏘라고!"

"하아……. 이번에는 몇 그릇이나 먹으려고 그러냐?"

"지난번에 네 그릇이었으니까 이번에는 다섯 그릇?"

"망할. 네 맘대로 해라."

"크하하. 역시 건은 시원시원해서 좋다니까."

박건호와 짹 피터슨이 삼계탕을 놓고 거래를 하는 동안 비스트 포지가 마운드에 올라왔다.

"괜찮아. 신경 쓰지 마."

이제 1회였다. 다저스의 선발이 사이영 상 유력 후보인 박건호이긴 하지만 한 점 내준 걸로 의기소침해할 필요는 없었다.

"어쩔 수 없죠."

타이 블랙이 힘없이 웃어 보였다. 3구를 던지기 전으로 돌아갈 수만 있다면 좋겠지만 그럴 수 없다면 깔끔하게 털어내는 게 최선이었다.

타이 블랙은 마음을 다잡고 투구를 이어 나갔다. 2번 타자 마이클 리드를 유격수 땅볼로 돌려세운 뒤 3번 타자 코일 시거와 4번 타자 에이든 곤잘레스를 연속 삼진으로 잡아내고 이 닝을 마쳤다.

1안타(1홈런), 1실점, 삼진 2개, 투구 수 17개.

투구 수가 많고 홈런을 얻어맞은 걸 빼고는 박건호와 기록 지가 같았다.

2회는 박건호와 타이 블랙 모두 삼자 범퇴로 이닝을 마쳤다.

박건호는 4번 타자 헌터 페이스를 2루수 땅볼로 유도한 뒤 5번 타자 브래드 벨트와 6번 타자 브래드 크로포트를 3구 삼 진으로 돌려 세웠다. 투구 수는 단 8개. 2회까지 총 투구 수도 고작 15구에 그쳤다.

타이 블랙은 5번 타자 안승혁을 중견수 플라이로 잡아내고 6번 타자 저스트 터너를 3루수 땅볼로 유도해 낸 뒤 7번 타자 오스틴 번에게 삼진을 빼앗아냈다.

안타 없이 이닝을 마친 건 고무적이었지만 안승혁과 저스 트 터너에게 풀카운트 승부를 펼치면서 총 투구 수는 33구로 늘어났다.

이때까지만 해도 자이언츠 팬들은 역전승이 가능하다고 믿 었다.

하지만 3회에 들어서면서 그 희망에 금이 가기 시작했다.

박건호는 7번 타자 에두아르 누네스를 2루수 파울플라이로 잡아낸 뒤 8번 타자 조 패인과 9번 타자 투수 타이 블랙을 삼진으로 돌려세우며 이닝을 마쳤다.

3회까지 투구 수는 고작 23구.

피안타와 사사구는 단 하나도 내주지 않은 채 6탈삼진 무실점으로 자이언츠 타선을 꽁꽁 틀어막았다.

타이 블랙도 8번 타자 엔리 에르난데스와 9번 타자 박건호를 연속 삼진으로 잡아내며 기세를 올렸다.

하지만 1번 타자 잭 피터슨에게 또다시 2루타를 허용하며 급격히 흔들렸다.

2번 타자 마이클 리드는 그런 타이 블랙을 집요하게 물고 늘어졌다. 풀카운트 이후 세 개의 파울 타구를 만들어낸 뒤 기어코 비어 있는 1루 베이스로 나갔다.

다행히 3번 타자 카일 시거의 타구가 중견수 플라이로 아웃되면서 실점은 없었지만 3회를 마친 시점에서 타이 블랙의 투구 수는 55구로 치솟았다(2피안타 1사사구 1실점 삼진 3개).

―타이 블랙, 마운드를 내려가는 모습이 벌써 지쳐 보입니다. 자이언츠 브라이언 보치 감독은 타이 블랙이 7회까지 버텨주길 바라고 있을 텐데요.

―지금까지 분위기만 놓고 보자면 쉽지 않을 것 같습니다. 벌써 투구 수가 55구예요. 이닝당 18구를 던졌으니 이대로 가다간 5회를 끝마치기 전에 한계 투구 수에 도달할 겁니다.

-반면 건은 시즌 때와 다름없는 호투를 펼치고 있습니다.

-샌프란시스코 언론들은 건이 포스트 시즌 경험이 없기 때문에 흔들릴 가능성이 높다고 기대를 했던데요. 글쎄요. 지금까지만 놓고 보자면 월드 시리즈 7차전에 선발로 내세워도 끄떡없을 것 같습니다.

3회를 지난 시점에서 다저스와 자이언츠의 미래를 이끌 두 젊은 좌완 투수의 평가는 극명히 갈렸다.

ESPM 중계진은 박건호에게 역시 사이영 상 후보답다는 극찬을 쏟아냈다.

반면 타이 블랙은 아직 최고 레벨의 투수를 상대하기에는 무리라는 평가를 내렸다.

4회 초. 박건호는 아껴두었던 포심 패스트볼을 앞세워 자이언츠가 자랑하는 테이블세터를 연속 삼진으로 잡아냈다.

특히나 2번 타자 아르헨 파건과의 승부는 백미였다. 초구와 2구, 3구, 4구까지 오직 포심 패스트볼 하나만 던져서 기어코 아르헨 파건의 헛스윙을 이끌어 냈다.

그러나 3번 타자 비스트 포지에게는 커브만 2개를 던졌다. 비스트 포지가 2구를 걷어 올려 좌익수 플라이로 물러나지 않았다면, 3구 역시 커브를 던졌을지 모를 만큼 대담한 피칭을 이어나갔다.

"빌어먹을."

박건호가 4회까지 퍼펙트 피칭을 이어가자 타이 블랙은 초조해졌다.

작년 신인왕을 놓고 다툴 때까지만 해도 타이 블랙은 자신이 박건호보다 조금 앞서고 있다고 여겼다. 신인왕은 운 좋게 박건호가 차지했지만 전체적인 기량이나 잠재력은 자신이 낫다고 생각했다.

메이저리그 주요 언론들도 내셔널 리그 서부 지구를 전망하면서 박건호와 타이 블랙의 경쟁을 지켜보는 것도 좋은 볼거리라고 언급했다.

슬레이튼 커쇼와 에디슨 범가너의 뒤를 이어 박건호와 타이 블랙이 새로운 라이벌 관계를 만들어 가기를 바란 마음이었다.

하지만 4월이 끝난 이후 더 이상 언론은 타이 블랙을 박건호의 라이벌로 칭하지 않았다.

6월부터는 박건호를 아예 슬레이튼 커쇼, 에디슨 범가너 등 소수의 에이스 투수들과 함께 최고의 투수 반열에 올려놓았다.

박건호의 주가가 하늘 무서운 줄 모르고 치솟으면서 타이 블랙의 성장세는 특별히 눈에 띄지 않았다.

샌프란시스코 언론과 자이언츠 팬들이 타이 블랙을 띄우기 위해 안간힘을 썼지만 사이영 상을 향해 질주하는 박건호의 짙은 그림자에서 벗어날 수 없었다.

그래서 타이 블랙은 이번 포스트 시즌을 벼르고 있었다.

다저스의 지구 우승이 결정된 이후로 박건호와의 맞대결이 성사되기만을 손꼽아 기다렸다.

적어도 포스트 시즌이라면, 정규 시즌 성적이 통용되지 않는 스페셜 라운드라면!

타이 블랙은 박건호보다 더 빛날 자신이 있었다.

그런데 이대로 끝나 버린다면 오늘을 두고두고 후회할 것 같았다.

"이대로 물러날 순 없어."

타이 블랙이 입술을 질근 깨물었다. 그리고 당당히 마운드에 올랐다.

"블랙! 다 잊어버려! 아직 경기 끝난 거 아냐! 이대로 7회까지만 막아보자고. 알았지?"

비스트 포지가 다가와 타이 블랙의 어깨를 두드렸다.

"포지, 조금 더 공격적으로 리드해 줘요."

"공격적으로?"

"네, 투구 수를 좀 줄여야겠어요."

"그래, 까짓것 한번 해보자."

비스트 포지와 타이 블랙은 즉석으로 투구 스타일을 바꿨다. 슬라이더와 커브의 비중을 높여 다저스 타자들의 타이밍을 빼앗는 데 주력하는 대신 포심 패스트볼을 통해 적극적인 볼카운트 공략에 나섰다.

"스트라이크, 아웃!"

최고 구속 97mile/h(≒156.1㎞/h)까지 나오는 빠른 포심 패스트볼 앞에 4번 타자 에이든 곤잘레스는 삼진으로 물러났다.

5번 타자 안승혁도 마찬가지. 자신 있게 포심 패스트볼을 잡아당겼지만 힘에서 밀리면서 중견수 플라이아웃이 되고 말았다.

─타이 블랙! 구속을 끌어올립니다.

─아무래도 건의 퍼펙트 피칭에 자극을 받은 것 같은데요.

─두 개의 아웃 카운트를 잡아내는 동안 6개의 공밖에 던지지 않았습니다. 마지막 아웃 카운트를 앞두고 투구 수가 61구인데요.

─6번 타자 저스트 터너와의 승부를 유리하게 끌고 간다면 투구 수를 대폭 줄일 수 있을 것 같네요.

ESPM 중계진의 기대 속에 저스트 터너가 타석에 들어섰다.

"빠른 공이라. 그럼 나야 좋지."

대기 타석에서 타이 블랙의 투구를 유심히 살피던 저스트 터너는 초구부터 포심 패스트볼을 노렸다.

그리고.

후앗!

정말로 포심 패스트볼이 몸 쪽 꽉 차게 파고들었다.

좌투수가 오른손 타자의 무릎 높이로 던지는 공은 노리지 않고서는 결코 때려낼 수 없는 코스였다.

하지만 저스트 터너는 바깥쪽보다 몸 쪽에 시선을 뒀다. 그래서 정확하게 공을 받아쳐 냈다.

따악!

방망이 중심에 걸린 타구가 거의 일직선으로, 크게 뻗어 나갔다. 그래서 우익수 헌터 페이스는 재빨리 펜스 플레이를 준비했다.

하지만 마지막 순간에 바람을 탄 타구는 그대로 담장을 넘어가 버렸다.

─홈런! 저스트 터너! 팀의 두 번째 홈런을 때려냅니다!

─올 시즌 2번 타순보다 6번 타순에 배치됐을 때 장타력이 좋아졌다는 이야기를 했는데요. 그 사실을 저스트 터너가 또 한 번 증명해 냅니다.

다저스 팬들의 환호를 받으며 저스트 터너가 천천히 홈으로 들어왔다.

그렇게 스코어가 2 대 0으로 변했다.

타이 블랙이 두 번째 홈런을 허용하자 데이브 라이트 투수 코치가 잠시 마운드를 찾았다.

"괜찮지?"

"네, 괜찮습니다."

"그래, 아직 괜찮아. 두 점 정도는 언제든 따라잡을 수 있다고."

자이언츠 타선의 공격력은 로키스에 이어 내셔널 리그 서부 지구 2위였다. 팀 홈런은 다저스가 앞서고 있지만 팀 타율과 응집력은 자이언츠가 한 수 위였다.

분위기를 타면 빅 이닝을 심심치 않게 만들어내는 자이언츠 타선의 특성상 고작 두 점은 대수롭지 않은 점수임에 분명했다.

하지만 말을 하는 데이브 라이트 코치는 물론이고 비스트 포지와 타이 블랙, 누구도 웃지 못했다. 심지어 쓴웃음조차 짓지 못했다.

이번 이닝이 끝나면 누가 마운드에 올라올지 너무나도 잘 알고 있기 때문이었다.

"일단 마지막 아웃 카운트부터 잡아내자고."

데이브 라이트 코치를 내려 보낸 뒤 비스트 포지가 타이 블랙을 다독였다.

"알았어요, 포지."

타이 블랙은 묵묵히 고개를 주억거렸다. 실투를 얻어맞았다면 기분이라도 나쁘겠지만 완벽에 가깝게 던진 공을 저스트 터너가 잘 때려냈으니 딱히 화도 나지 않았다.

비스트 포지가 포수석으로 돌아가자 대기 타석에 서 있던 7번 타자 오스틴 번이 타석에 들어섰다.

"나도 하나 때려내야 해."

오스틴 번은 방망이를 단단히 움켜쥐었다. 그리고 타이 블랙이 또다시 포심 패스트볼을 던져 주길 기다렸다.

비스트 포지는 초구로 슬라이더 사인을 냈다. 보나마나 타자들이 포심 패스트볼만 노리고 들어올 테니 일단은 본래의 볼 배합으로 돌아갈 필요가 있다고 여겼다.

그러나 타이 블랙의 생각은 달랐다.

'싫어요, 포지. 도망치고 싶지 않아요.'

타이 블랙이 단호하게 고개를 저었다.

"후우……."

길게 한숨을 내쉬던 비스트 포지도 이내 포심 패스트볼로 사인을 변경했다.

타이 블랙은 가볍게 고개를 끄덕였다. 그리고 투구판을 힘차게 박차고 앞으로 나갔다.

후앗!

타이 블랙의 손끝을 빠져나간 공이 또다시 몸 쪽 깊숙이 날아들었다.

하지만 저스트 터너에게 얻어맞은 충격이 가시지 않았던 것일까.

공이 너무도 밋밋하게 들어왔다.

따악!

오스틴 번은 망설이지 않고 방망이를 내돌렸다. 시즌 중에는 가급적 초구를 공략하는 경우가 없었지만 이렇게 풀리듯 들어오는 공을 놓칠 수는 없는 노릇이었다.

탁! 타닥!

방망이 중심에 제대로 걸린 타구가 3유간을 꿰뚫었다. 3루수 에두아르 누네스는 물론이고 유격수 브래드 크로포트까지 몸을 날려봤지만 총알처럼 빠져나가는 타구를 잡아내지 못했다.

"아무래도 안 되겠습니다."

자이언츠의 론 워스트 수석 코치가 고개를 흔들었다.

타이 블랙이 괜찮다고는 말했지만 더그아웃에서 보기에는 전혀 괜찮아 보이지 않았다. 하위 타선이라는 이유만으로 이대로 이닝을 더 끌고 갔다간 추가점이 나올지도 몰랐다.

그러나 브라이언 보치 감독은 아직은 바꿀 때가 아니라고 말했다.

"불펜 준비시켜. 하지만 지금은 아니야."

"브라이언!"

"엔리 에르난데스는 장타와는 담을 쌓았다고. 시즌 홈런이 5개뿐인데 실점을 겁낼 필요는 없어. 그리고 설서 얻어맞는다 해도 그다음은 건이야. 이 시점에서 건을 대신해 대타를 내보내준다면야 더할 나위 없이 좋겠지만 모렐 감독이 총을 맞지 않고서야 그런 결정을 내릴 리 없잖아. 안 그래?"

"그래도 만에 하나……."

"그 만에 하나라는 이야기는 집어치우자고. 그런 식으로는 그 어떤 투수도 성장하지 못할 테니까."

브라이언 보치 감독은 타이 블랙을 조금 더 끌고 가겠다는 생각을 분명하게 밝혔다. 그것이 타이 블랙은 물론이고 자이언츠를 위해서도 최선이라고 여겼다.

오늘 경기를 이대로 내주면 자이언츠에게 남은 건 홈에서 치러지는 3차전뿐이었다.

다행히 에이스 에디슨 범가너가 3차전에 맞춰 컨디션을 조절하고 있었다. 다저스의 선발이 마에다 케이타인 만큼 1, 2차전과는 다른 양상으로 경기가 흘러갈 가능성이 높았다.

그렇게 3차전을 잡으면 4차전도 한번 해볼 만했다. 다저스의 에이스인 슬레이튼 커쇼를 상대해야 하지만 사흘 휴식 후 등판이라는 점과 홈 어드밴티지를 감안했을 때 승산은 충분했다.

문제는 다시 다저스 스타디움에서 펼쳐지는 5차전이었다. 그리고 그 5차전의 선발은 또다시 타이 블랙일 수밖에 없었다.

만약 오늘 경기에서 타이 블랙을 이대로 강판시켜 버리면 5차전은 기대할 필요조차 없었다.

다저스의 선발 로테이션상 5차전 선발로 박건호가 나올 게 뻔한 상황이었다. 여기서 타이 블랙이 최소한 잘 싸웠다는 평가조차 받지 못한다면 5차전은 해보나마나 한 경기가 될 터였다.

"최소한 5회까지는 맡겨보자고."

브라이언 보치 감독이 어렵사리 결단을 내렸다. 그 믿음에 부응하듯 타이 블랙은 8번 타자 엔리 에르난데스를 유격수 땅볼로 유도하고 힘겨웠던 이닝을 마쳤다.

그러나 6회까지 맡기겠다는 계획은 불발로 끝이 났다.

선두 타자로 타석에 들어선 박건호를 유격수 땅볼로 유도할 때까지만 해도 분위기는 좋았다.

하지만 오늘 경기에서 천적처럼 굴고 있는 1번 타자 잭 피터슨에게 풀카운트 접전 끝에 또다시 3루타를 얻어맞으며 결국 와르르 무너지고 말았다.

─잭 피터슨, 빠른 발을 이용해 3루까지 살아 들어갑니다!

-오늘 경기 세 번째 안타인데요. 이제 안타 하나만 더 때려 내면 사이클링히트를 달성하게 됩니다.

-첫 타석에서 홈런을 때려냈고 두 번째 타석에서 2루타, 그리고 이번에 3루타죠?

-사이클링히트에서 가장 어렵다는 3루타를 만들어냈고 아직 5회 말이니 사이클링히트 가능성은 충분하다는 생각이 듭니다.

-역시나 포스트 시즌에는 이렇게 미치는 선수가 한 명씩 나와 줘야 이길 수 있는데요.

-하하. 한 명이 아니죠. 작 피터슨이 맹활약을 펼치고 있긴 하지만 진짜 미친 선수는 따로 있죠.

-아, 제가 잠시 그 선수를 깜빡했습니다.

-홈경기라고는 하지만 포스트 시즌에서 경험 많은 자이언츠 타자들을 이렇게 꽁꽁 묶는다는 건 결코 쉬운 일이 아니니까요.

-생각해 보니 건도 포스트 시즌 선발은 처음일 텐데요. 정말이지 대단한 피칭을 이어가고 있습니다.

자이언츠의 마운드가 타이 블랙에서 5선발로 활약했던 알버크 수아레스로 바뀌었지만 중계진은 박건호를 칭찬하느라 정신이 없었다.

그래서일까.

"젠장할!"

알버크 수아레스는 추가로 4안타를 허용하고 강판됐다.

타이 블랙을 대신해 경기 분위기를 바꾸겠다는 의욕은 좋았지만 알버크 수아레스는 첫 단추부터 잘못 꿰었다.

투 스트라이크 원 볼이라는 유리한 볼카운트에서 2번 타자 마이클 리드의 스퀴즈 번트 타구를 처리하다 실수를 범하면서 내야 안타를 허용하고 만 것이다.

추가 실점을 했다는 사실에 화가 난 것인지 알버크 수아레스는 루상에 나간 마이클 리드를 어떻게든 잡아보겠다고 견제를 남발했다.

그러다 3번 타자 코일 시거에게 적시 2루타를, 그리고 4번 타자 에이든 곤잘레스에게 또다시 적시 안타를 내주고 말았다.

5 대 0.

승부가 명확하게 기운 상황에서 자이언츠 벤치는 충격에 빠졌다. 믿었던 타이 블랙이 5이닝도 채우지 못하고 3실점으로 물러난 상황에서 롱릴리프 역할을 기대했던 알버크 수아레스가 아웃 카운트 하나 잡아내지 못하고 3안타를 내줬으니 이성을 차릴 방법이 없었다.

그 틈을 노려 포스트 시즌에서 이렇다 할 활약을 펼치지 못했던 안승혁이 기습 공격을 성공시켰다.

따악!

반쯤 넋이 나간 알버크 수아레스의 몸 쪽 포심 패스트볼을 잡아당겨 전광판을 직격하는 홈런을 때려낸 것이다.

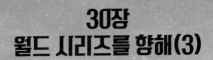

30장
월드 시리즈를 향해(3)

　－안! 오늘 경기를 결정짓는 확실한 한 방을 때려냅니다!

　－다저스의 중심 타자들 중에서 유일하게 타점을 올리지 못하고 있었는데요. 이 한 방으로 포스트 시즌의 부담감을 말끔하게 털어내 버립니다!

　－이제 점수가 7 대 0인데요. 자이언츠. 오늘 경기를 뒤집기란 쉽지 않아 보입니다.

　－아아, 브라이언 보치 감독. 마운드에 올라오네요. 투수를 바꾸려는 모양입니다.

　브라이언 보치 감독은 굳은 얼굴로 알버크 수아레스에게 공을 건네받았다. 그리고 불펜진을 총동원해 분위기를 바꾸려 애썼다.

그러나 활화산처럼 터져 버린 다저스 타선을 막기란 쉬운 일이 아니었다.

5회에만 6득점에 성공한 다저스는 6회와 7회, 한 점씩을 더 보탠 뒤 8회에 무려 4점을 추가시키며 승부에 종지부를 찍었다.

자이언츠 타자들이 7회와 8회, 9회 3이닝 연속 2득점에 성공하며 추격에 나섰지만 경기 결과는 달라지지 않았다.

박건호는 6이닝 무실점, 퍼펙트 피칭으로 승리를 챙겼다.

투구 수가 워낙 여유로워 중계진은 완투를 예상했지만 모렐 허샤이저 감독은 예정보다 앞서서 박건호를 바꿔주었다.

박건호도 욕심 부리지 않고 순순히 교체를 받아들였다.

최종 스코어 14 대 6.

단순히 점수만 본다면 자이언츠가 박건호를 상대로 체면치레를 한 것만 같았다.

그러나 주요 언론이 내놓은 기사의 타이틀은 한결같았다.

건! 6이닝 퍼펙트로 자이언츠 침몰시켜!

슈퍼 건! 6이닝 10탈삼진 무실점! 잭 피터슨은 사이클링 히트 달성!

다저스, 사이영 상 후보 건 앞세워 2승 챙겨!

건! 사이영 상 후보다운 완벽 피칭으로 다저스 승리 견인!

거의 모든 기사가 박건호를 전면에 내세웠다. 작 피터슨이 사이클링히트를 기록했고 안승혁이 2개의 홈런포를 때려냈지만 박건호가 보여주었던 6이닝 퍼펙트 피칭의 아우라를 넘어서지는 못했다.

홈에서 2연승에 성공한 다저스는 샌프란시스코로 자리를 옮겼다.

"커쇼와 건이 잘 던져 주어서 마음은 한결 가볍습니다. 가능하다면 오늘 시리즈를 끝낼 수 있도록 노력하겠습니다."

3차전 선발로 나선 마에다 케이타는 무표정한 얼굴로 인터뷰를 했다. 포스트 시즌에 접어들면서 3선발로 자리를 옮긴 것에 대해 불만이 남아 있는 모양이었다.

반면 자이언츠의 선발 에디슨 범가너는 기자들의 질문에 유쾌함을 잃지 않았다.

"커쇼와 건의 피칭을 보았냐고요? 네, 봤어요. 정말 잘하더라고요. 마치 시즌이 계속 이어지는 느낌이었습니다. 하지만 커쇼는 커쇼고 건은 건입니다. 그리고 나는 나죠. 커쇼와 건이 자이언츠 타자들을 괴롭혔으니 이번에는 제 차례입니다. 이길 자신 있냐고요? 하하. 이길 겁니다. 나는 오늘 디비전 시리즈가 끝나는 걸 원치 않으니까요."

5전 3선승제로 치러지는 디비전 시리즈에서 2연패를 당했다는 건 시리즈 패배나 다름없었다. 아직 리버스 스윕의 가능성은 남아 있지만 경기 분위기상 기적이 일어나기란 쉽지 않아 보였다.

이런 상황에서 어떻게든 연패를 끊어 시리즈를 이어가야 하는 에디슨 범가너의 부담은 어마어마할 수밖에 없었다.

하지만 에디슨 범가너는 눈부신 호투로 팀을 절망의 늪에서 건져 올렸다. 이번 시즌 슬레이튼 커쇼, 박건호, 제이스 아리에타와 함께 사이영 상 후보군을 이루었던 게 결코 우연이 아니라는 걸 모두에게 입증해 보였다.

마에다 케이타도 6이닝 6피안타 3실점으로 제 몫을 다해냈다. 그러나 경기는 에디슨 범가너가 8이닝 3피안타 무실점 호투를 펼친 자이언츠의 승리로 끝이 났다.

경기 직후 자이언츠 팬들은 메시아라도 만난 것처럼 흥분을 감추지 못했다.

그러나 다저스 팬들은 의외로 담담했다. 슬레이튼 커쇼나 박건호가 패배한 게 아니다 보니 자이언츠 팬들의 기대만큼 충격이 크지 않았던 것이다.

ㄴ어쩌냐 다저스! 어디 더 까불어 보시지?
ㄴ범가너를 재물 삼아 챔피언십 시리즈로 올라가겠다던 놈

들 다 어디 갔냐?

└누굴 쓰러뜨리겠다고? 에디슨 범가너를? 자이언츠의 영
원한 에이스를?

└봤지? 이게 에이스의 실력이라고.

└그래, 잘 봤다. 에디슨 범가너, 잘 던지더라.

└마에다 케이타도 나쁘지 않았지만 확실히 에디슨 범가너
의 피칭이 좋았어. 그건 부정하지 않겠어. 하지만 너희들 뭔
가 대단히 착각하고 있는 게 하나 있는데 시리즈는 여전히 우
리가 앞서고 있어.

└그리고 우린 4차전에 커쇼를, 5차전에 건을 준비시켜 놓
고 있지.

└그게 뭐 어때서? 우리도 지니 쿠에토가 있다고. 1차전 때
처럼 지는 일은 없을 거야.

└그래, 커쇼가 휴식일 부족으로 컨디션이 좋지 않아서 4차
전을 자이언츠가 가져갈지도 모르지. 하지만 5차전은 어떻게
할 건데?

└타이 블랙이 두 번 당해줄 것 같아?

└푸하하. 지금 웃으라고 하는 소리지?

└자, 멍청한 자이언츠 팬들아. 잘 보라고. 5차전은 4차전
이 끝난 후 하루의 휴식일을 가진 뒤 다저스 스타디움에서 열
려. 그리고 그날, 나흘간 푹 쉰 건이 다시 마운드에 오를 거야.

└참고로 건은 다저스 스타디움에서 무서울 정도로 강하지. 평균 자책점이 0점대니까. 게다가 지난 2차전에서는 6이닝을 퍼펙트로 틀어막았다지?

└지금 건이 있다고 놀리는 거냐?

└놀리다니. 천만에. 현실을 직시하라고. 이 어리석은 바퀴벌레 녀석들아.

자이언츠 팬들은 3차전의 여세를 몰아 4차전과 5차전도 승리할 수 있다고 떠들어 댔다.

다저스 팬들은 설사 4차전에서 패배하더라도 5차전을 내주는 일 따위는 일어나지 않을 거라며 코웃음을 쳤다.

3차전 저녁부터 4차전 직전까지 온라인을 뜨겁게 달구어 놓았던 이 싸움은 슬레이튼 커쇼의 호투와 함께 막을 내렸다.

7이닝 3실점.

사흘 휴식이라는 부담 때문인지 7개의 피안타를 허용하긴 했지만 고비 때마다 자이언츠 타자들을 범타로 돌려세우며 실점을 최소화했다.

자이언츠의 선발 지니 쿠에토도 8이닝을 3실점으로 막아내며 1차전의 아쉬움을 만회했다. 그러나 연장 10회 초, 조지 폰토스가 코일 시거에게 끝내기 안타를 허용하면서 경기는 4 대 3, 다저스의 한 점 차 승리로 끝이 났다.

경기 직후, 다저스 출입 기자들이 슬레이튼 커쇼에게 몰려

들었다.

"커쇼! 다저스를 챔피언십 시리즈로 올려놨습니다! 기분이 어때요?"

가장 먼저 슬레이튼 커쇼의 앞자리를 차지한 기자가 뻔한 질문을 늘어놓았다.

하지만 슬레이튼 커쇼의 대답은 평소처럼 진부하지 않았다.

"솔직히 컨디션은 좋지 않았어요. 어깨가 좀 무거운 편이었죠. 어제 잠도 푹 자지 못했어요. 그런데 오늘 아침에 아내가 전화로 이런 말을 하더라고요. 자기야. 부담 갖지 마. 팬들은 오늘 자기가 패배하더라도 건을 믿고 있으니까. 그 말을 듣는데 안도감이 들면서도 이대로 가다간 건에게 에이스 자리를 빼앗기겠구나 하는 불안감이 치밀더라고요. 그래서 정말 이 악물고 던졌습니다. 생각만큼 좋은 피칭은 아니었지만 어쨌든 팀 승리에 도움을 줄 수 있어서 다행이라고 생각합니다."

"그 말은 건을 라이벌로 인정한다는 이야긴가요?"

"하하. 건은 이미 메이저리그 최고의 투수 중 한 명입니다. 게다가 재능은 최고입니다. 내가 건의 나이 때는 건처럼 잘 던지지 못했어요."

"만약에 챔피언십 시리즈 때 모렐 허샤이저 감독이 체력적인 이유로 건과 당신의 선발 순서를 바꾼다면 어떻게 하겠습니까?"

"흠…… 그건 좀 민감한 질문이네요. 챔피언십 시리즈까지는 나흘이 남았으니까요. 휴식일은 충분하겠지만 그렇게 되면 건이 너무 오래 쉬게 되겠네요. 만약 그 선택이 모두를 위한 거라면 저는 받아들이겠습니다. 솔직히 올 시즌, 건이 잘해주지 못했다면 다저스의 위대한 시즌은 없었을 테니까요."

"시즌 중에 했던 말은 여전히 유효한 겁니까?"

"건이라면 에이스의 자리를 양보하겠다는 말이요? 물론입니다. 다만 그때 말했듯이, 저도 호락호락 물러설 생각은 없습니다. 하루라도 더 에이스의 자리를 지킬 수 있도록 최선을 다하겠습니다."

언론들은 슬레이튼 커쇼의 인터뷰를 빗대어 황제가 퇴임식을 준비하는 것 같았다고 전했다.

슬레이튼 커쇼도 그런 언론의 표현을 딱히 부정하지 않았다. 스스로도 슬레이튼 커쇼의 시대가 저물고 박건호의 시대가 오고 있다는 걸 본능적으로 느끼고 있었기 때문이다.

"창공에 빛나는 태양은 언제고 저물 수밖에 없습니다. 조금 이르긴 하지만 다저스에는 건이라는 새로운 태양이 떠오르고 있으니까요. 자연스러운 세대교체가 이루어질 거라고 봅니다."

"그렇다 하더라도 슬레이튼 커쇼는 다저스의 역사에 길이 남을 위대한 에이스입니다. 그 사실은 영원히 변치 않을 겁니다. 그러니 팬들이 슬레이튼 커쇼의 인터뷰에 슬퍼하거나 아쉬워할 이유는 전혀 없습니다."

"오히려 다저스 팬들은 감사해야겠죠. 지구 최강의 투수로 군림했던 에이스에 이어, 그 에이스마저 감탄하게 만든 최고의 재능을 갖춘 젊은 에이스와 함께할 수 있으니 말입니다."

전문가들은 슬레이튼 커쇼가 한 시대를 풍미했던 위대한 에이스라는 점을 상기시키며 세대교체는 당연한 수순이라고 말했다.

그러나 슬레이튼 커쇼의 열성팬들은 박건호의 등장 이후로 다저스 구단이 슬레이튼 커쇼를 에이스로서 예우해 주지 않고 있다며 분노했다.

ㄴ건은 아직 애송이야. 슬레이튼 커쇼가 아니었다면 이만큼 성장하지도 못했다고.

ㄴ슬레이튼 커쇼는 각 구단 에이스들을 상대로 싸워왔어. 건과 비교할 수 없다고!

ㄴ다저스는 대체 뭘 하는 거야? 왜 우리의 에이스를 비참하게 만드는 거지?

ㄴ올해 커쇼 옵트 아웃 가능한 거 아냐?

ㄴ이러다가 우리의 커쇼가 다른 구단으로 떠나 버리는 거 아냐?

ㄴ젠장! 그랬단 봐라! 가만있지 않겠어!

슬레이튼 커쇼는 지난 2014년 시즌을 앞두고 7년 2억 1,500만 달러의 초대형 계약에 합의했다.

그리고 다섯 번째 시즌 종료 후 옵트 아웃을 행사할 수 있다는 조건을 달았다. 계약대로라면 올해 말, 옵트 아웃을 통해 구단과 재계약에 나설 가능성이 높은 상황이었다.

그래서 다저스 구단도 슬레이튼 커쇼의 자존심을 세워주기 위한 여러 가지 방안을 준비 중이었다.

모렐 허샤이저 감독을 비롯해 코칭스태프들도 혹시라도 슬레이튼 커쇼가 이적을 고심할까 봐 박건호와의 비교 자체를 삼갔다.

하지만 언론과 기자들까지 통제하는 데는 한계가 있었다.

이슈를 좋아하는 미디어의 특성상 슬레이튼 커쇼와 박건호라는, 신구 에이스 간의 문제를 그냥 넘어갈 리 없었기 때문이다.

"알렉스, 대책이 필요해요."

"나도 알아. 그래서 커쇼의 에이전트와는 꾸준히 대화를 하고 있잖아."

"커쇼가 단순히 금전적인 문제 때문에 이러는 건 아닐 거라고 봐요."

"언론에서 너무 건을 띄워주니까 그 점에 대해 섭섭함이 생긴 거겠지."

"그런데 이렇게 보고만 있으면 어떻게 해요? 뭐라도 대응을 해야죠."

"뭘 어떻게 하라는 거야? 언론을 불러서 우리의 에이스는 슬레이튼 커쇼라고 말하란 소리야?"

"필요하다면 그렇게라도 해야죠. 건이 올 시즌 최고의 활약을 펼친 만큼 슬레이튼 커쇼도 최고의 한 해를 보냈다고요. 모두가 건, 건만 외치면 슬레이튼 커쇼의 기분이 어떻겠어요?"

"젠장. 사춘기 어린 애도 아니고 원."

"메이저리그 모든 선수는 전부 사춘기 소년 같은 존재라고요. 특히나 잘나가면 잘나갈수록 더 그렇죠. 그걸 몰랐어요?"

"어쨌든 뭘 하려면 포스트 시즌 끝나고 하자고."

"그랬다간 누군가는 탈이 날 거예요."

"누가? 커쇼가? 커쇼는 그 정도로 약한 선수가 아냐."

"아뇨. 건이요. 커쇼야 쏟아지는 부담감을 털어내기 위해 한 말이겠지만 건은 아직 그 부담감을 넘겨받을 준비가 되어 있지 않다고요. 만약에 여론에 흔들린 건이 챔피언십 시리즈에서 제 역할을 못 한다고 생각해 봐요."

"꼭 그런 끔찍한 예를 들어야겠어?"

"커쇼도 건이 뒤를 받쳐 주니까 마음 편하게 던지는 거라고요. 건이 흔들리면 커쇼도 몇 배는 부담을 받게 되요."

"그거야 나도 알지. 그래서 건이 고마운 거고."

"문제는 바로 그거예요. 건에 대한 고마움이 지나쳐 커쇼에 대한 존경을 놓치고 있어요. 커쇼가 앞에서 잘 버텨주지 않았다면 건이 이만큼 성장하지 못했을 텐데 말이에요."

"흠……."

알렉스 인터폴리스 부사장은 세런 테일러의 말에 100퍼센트 공감하지 않았다.

슬레이튼 커쇼가 1선발로 제 몫을 다해준 건 부정할 수 없는 사실이지만 슬레이튼 커쇼가 없었다고 해서 박건호의 성장세가 더뎌지진 않았을 것 같았다.

하지만 슬레이튼 커쇼에 대한 존경과 사랑이 부족했다는 점은 십분 공감했다.

건의 활약 이후로 알렉스 인터폴리스 부사장의 입에서 슬레이튼 커쇼에 대한 칭찬이 나오는 빈도가 점점 줄어들고 있었기 때문이다.

"좋아. 기자들을 부르라고."

"좋은 생각이에요, 알렉스."

"그리고 가능하다면 건에게도 협조를 구해."

"건에게요?"

"그래, 다저스 왕조를 만들려면 슬레이튼 커쇼가 계속 다저스에 남아 있어줘야만 해. 그 편이 건에게도 이롭겠지. 그러니까 싫더라도 구단을 위해 한번 나서 달라고 전하라고. 미래의 에이스라면 그 정도 립 서비스는 할 줄 알아야지. 안 그래?"

알렉스 인터폴리스 부사장의 말이 세런 테일러를 통해 브라이언 최에게 전해졌다.

그리고 다시 박건호에게 전달됐다.

"그러니까 인터뷰할 때 커쇼를 좀 띄워 달라 이 말이죠?"

"네, 구단 쪽에서도 슬레이튼 커쇼 선수의 재계약 문제가 걸려 있어서 신경이 쓰이나 봅니다."

"까짓것 못할 건 없죠. 그런데 질문들은 기자들이 하니까요. 제가 대놓고 커쇼가 에이스입니다 이런 말을 하긴 좀 그런데요."

"그래서 한국 쪽 스포츠 신문사와 이야기하는 중입니다."

"아, 한국을 통해 돌아가자고요?"

"네, 그 편이 모두에게 좋을 것 같습니다."

4차전에서 디비전 시리즈를 끝마치면서 다저스는 챔피언십 시리즈까지 사흘의 휴식일을 보장받았다.

그래서인지 한국 언론사들이 앞다투어 박건호의 인터뷰를 요청하고 있었다.

브라이언 최는 그중에서 가장 우호적으로 나오는 신문사와 접촉해 단독 인터뷰 자리를 마련했다.

그리고 사전에 질문 내용을 조율한 뒤에 한 시간여 동안 인터뷰를 진행했다.

"박건호 선수, 오랜만이에요. 나 기억해요?"

"그럼요. 지난번에 현신이 형이 소개해 주신 기자님이시잖아요."

"하하. 기억해 주니 정말 반가운데? 솔직히 그때는 박건호 선수가 이렇게까지 잘될 줄은 몰랐거든요."

"저도 제가 이렇게 잘될 줄은 몰랐는데요, 뭘."

"어쨌든 그날 혹시라도 불쾌했던 게 있으면 마음 풀어요. 기사 초안을 먼저 보내줄 테니 마음에 안 드는 부분 있으면 언제든지 말하고요."

"알아서 잘 써주실 텐데요, 뭘."

"하하. 그렇게 이야기해 주니 더 기분 좋네. 자, 그럼 이제 인터뷰 시작해 볼까요?"

한국인 최초의 사이영 상 수상을 앞둔 상황이라서일까.

인터뷰는 상당히 조심스럽게 진행됐다.

농담을 핑계 삼아 날아들던 날선 질문들은 자취를 감췄다. 브라이언 최와 조율한 대로 정중하고 대답이 가능한 질문들만 이어졌다.

덕분에 박건호도 편하게 대답을 할 수 있었다.

특히나 '한국에 있을 때 별명이 건쇼였던데, 특별한 에피소드가 있느냐?'라는 자연스러운 질문 덕분에 슬레이튼 커쇼에 대한 애정과 존경심을 편하게 풀어낼 수 있었다.

"전 중학생 때부터 체격이 컸어요. 그래서 좀 덩치가 큰 투수들의 투구 스타일을 본받으려 했죠. 그때 메이저리그 최고의 투수가 바로 슬레이튼 커쇼였어요. 현신이 형도 덩치가 컸지만 그 당시에는 제가 커브에 심취해 있을 때라 자연스럽게 커브의 달인 슬레이튼 커쇼 쪽으로 마음이 가더라고요. 그때부터였던 거 같아요. 슬레이튼 커쇼를 흉내 냈던 게요. 자연스럽게 슬레이튼 커쇼가 좋아지고 어린 나이에 메이저리그를 평정하는 모습을 보곤 감탄했죠. 나도 나중에 꼭 저런 투수가 되어야겠다는 목표도 생겼고요. 그건 지금도 마찬가지에요. 올해 좋은 성적을 거둔 걸 두고 주변에서 과분한 칭찬을 해주고 있긴 하지만 아직도 전 갈 길이 멀었다고 생각해요. 그리고 제가 갈 길의 끝부분 즈음에 아마 슬레이튼 커쇼가 가고 있을 것 같아요. 저도 선수인 이상 슬레이튼 커쇼보다 더 위대한 투수가 되고 싶은 욕심이 없진 않습니다. 하지만 그건 슬레이튼 커쇼의 위대한 발자취를 다 쫓아간 다음에 생각할래요. 지금은 슬레이튼 커쇼를 따라가는 것도 벅차니까요."

박건호의 인터뷰 내용은 그날 저녁 단독 특종이라는 머리말과 함께 각종 웹 사이트를 장식했다.

그리고 채 두 시간도 지나지 않아 LA의 유력지들을 통해 소개됐다.

건, 어린 시절 우상은 커쇼. 지금도 변함없다고 밝혀!

슈퍼 건, 내 일생의 목표는 커쇼를 따라잡는 것!

다저스 구단은 혹시라도 다저스 팬들이 박건호의 진심을 오해할까 봐 해당 신문사에 양해를 구해 전문을 홈페이지에 번역해 게재했다.

그리고 해당 게시물은 순식간에 수천만 뷰를 돌파했다.

한국발 인터뷰를 통해 박건호의 진심을 접한 다저스 팬들은 다시 하나가 되었다.

└거봐, 내가 뭐랬어? 건이 그럴 녀석이 아니라고 했지?

└훈훈하다. 보고만 있어도 절로 미소가 지어지는 기사야.

└건이 어려서부터 커쇼를 동경해 왔구나. 건의 별명이 건 쇼라는 사실은 처음 알았어.

└뭐? 그걸 몰랐던 거야? 건의 팬들에게는 유명한 이야기라고. 그래서 건의 팬들은 슬레이튼 커쇼를 절대 깎아내리지 않아. 그건 건에 대한 모욕이니까.

└참, 어제 오늘 내가 뭘 했나 싶은 생각이 든다. 슬레이튼 커쇼와 건은 이렇게 서로를 존중하는데 나만 바보짓을 한 기분이야.

└솔직히 급조된 인터뷰라는 사실을 지울 수가 없어. 하지

만 건이 마지못해 인터뷰를 한 게 아니라면…… 좋아. 인정하
지. 이 둘의 공존을 말이야.

　ㄴ이 멍청아, 그건 인정할 일이 아니야. 감사할 일이지. 슬
레이튼 커쇼는 에이스답게 건의 성장을 반기고 경우에 따라
서 자리를 내줘도 좋다는 마음을 먹었던 거고 건은 계속해서
슬레이튼 커쇼가 앞서가 주기를 바라는 거고.

　ㄴ슬레이튼 커쇼도 사람이니까 언젠가는 전성기에서 내려
올 수밖에 없겠지. 하지만 난 슬레이튼 커쇼가 건에게 자극을
받아 전성기를 최대한 오래 유지했으면 하는 바람이야.

　ㄴ오, 그건 내 생각과 정확하게 일치하는데? 건은 슬레이
튼 커쇼의 충분한 자극제가 되어줄 거야. 그리고 슬레이튼 커
쇼는 건의 확실한 이정표가 되어주겠지. 이보다 더 완벽한 조
합이 어디 있어? 안 그래?

　ㄴ다이아몬드 백스 놈들은 커쇼와 건을 자꾸 실링과 존슨
에 들이대는데 그들과는 사정이 다르다고. 우리의 에이스들
은 서로 존중하고 양보하고 배려할 줄 알아.

　ㄴ좋아, 좋아. 이대로 딱 10년만 가보자고.

그날 저녁.

슬레이튼 커쇼는 박건호를 집으로 초대해 근사한 저녁 식
사를 대접했다. 그리고 박건호와 함께 찍은 사진을 SNS에 올

렸다.

내 마음 속 에이스 건. 고맙다. 평생 함께 가자.

전 세계 모든 다저스 팬을 감동시킨 이 사진은 한 달 뒤 유니세프가 선정한 올해의 사진 스포츠 부분에 선정됐다.

to be continued